KB260962

자연의 밥상에 둘러앉다

자연의 밥상에 둘러앉다

자연과 인간의 생명을 살리는 윤구병의 생태 에세이

휴머니스트

목숨, 삶, 살림
─그리고 지렁이 똥만도 못한 개망나니들

목숨은 목으로 드나드는 들숨, 날숨을 한데 아울러 이름이다. 숨 쉬는 모든 것들이 목숨을 지닌 것이다. 숨은 바람으로도 불린다. 바람은 밖에서만 부는 게 아니라 우리 몸 안으로도 불어온다. 또 몸에서 밖으로도 불어 나간다. 이렇듯 삶의 숨결이 바람을 타기 때문에 옛사람들은 목숨과 바람을 같은 것으로 보았다. 옛 그리스 사람도 그랬고, 옛 우리 '한아비'들도 그랬다.

바람은 뭇 살아 있는 것들의 몸 안팎을 드나들면서 이것들(또는 이분들)을 살린다. 바람이 하는 아주 큰일 가운데 하나가 바로 이 '살림'이다. 바람은 다만 우리(뭇 삶의 큰 울타리 안에서 목숨을 주고받는 살아 있는 모든 것들, 또는 모든 이들)의 몸에 스며들고 몸에서 스며나는 일을 거듭해 우리를 살릴 뿐 아니라, 꽃 피우는 것들의 꽃가루받이에 징검다리 노릇을 맡아 열매를 맺게 함으로써 때로는 살아 움직이는 것들의 먹이를 마련해주기도 하고, 한해살이풀로 하여금 씨앗을 마련하여 여러 해를 두고두고 살게 하기도 한다. 이렇게 바람은 스스로 살아 있는 힘이자 살리는 힘이기도 하다.(이 바람의 힘을 요즘 사람들은 기氣라는 말로 바꾸어 부르는 일이 많다.)

어찌 우리를 살리는 일을 하는 큰 살림꾼이 바람뿐이랴. 이 세상에 목숨 붙이고 사는 것들 가운데 물이 없어도 살 수 있는 것이 있다는 말을 들어본 적이 없다. 삶의 '원천'은 삶이 샘솟는 물이라는 뜻이다. 물은 이런 뜻에서 삶의 젖줄이라고 할 수 있다. 해가 없이, 이 해가 사이에 들어 마련해주는 불이 없이, 우리 몸 밖에서 타오르거나 몸 안에서 타올라 우리 몸을 덥히거나 놀리는 힘이 없이, '불길'이 없이 우리가 살 수 있을까? 없다. 땅에 발붙이지 않고 살 수 있는 것이 따로 있을까? 없다. 이 모두가 살아 있는 힘이자 살리는 힘이다. 바람, 물, 해(불), 땅은 물질적인 객체가 아니라 삶의 주체다.

옛 분들은 이 사실을 온몸으로 깨치고 있었다. 모둠살이가 이루어지는 곳에서는 어디에서나 마찬가지였다. 옛 이집트에서도, 그리스에서도, 인도에서도, 중국에서도, 이 땅에서도 모든 이들이 이 삶의 힘, 살리는 힘을 고맙고 우러르는 마음으로 받아들였다. 그런 점에서 이 큰 힘들 가운데 물질과 연관되는 측면만 도려내서 그냥 우리에게 주어진 흔하디흔한 것, 아무것도 아닌 것, 마음껏 부리고 쓰고 아낌없이 버리거나 더럽혀도 되는 것으로 본 덜떨어진 과학 겉똑똑이들, 학문

얼간이들, 이것을 교실에서 물질과학이라는 이름으로 아무 생각 없이 떠벌려 아이들을 바보로 만드는 교육 덩달이들은 얼마나 못난 후손들인가!

물, 불, 땅, 바람이 스스로도 살아 있는 힘이고, 뭇 생명체를 살리는 힘이라는 오래된(그러나 물질과학의 먹물에 머리를 적신 용렬한 후손들에게는 새로운) 깨우침을 몸과 마음을 다해서 받아들이지 않는 한 우리에게 '지속가능한 미래'는 없다. 우리 목숨과 삶과 살림의 바탕에는 이 크나큰 살림꾼들이 숨은 채로 드러나 있다.(유식한 학문 사투리로 '똥폼'을 잡자면 '암시'이자 '현시'다.)

나는 이 책에 실린 여러 글들에서 맨 먼저 이 크나크신 임들에 큰절을 올리고 비손을 함으로써 고마움을 드러내고자 했다. 생명 공동체의 큰 틀은 이 큰 살림꾼들의 품 안에서 짜이는 것이다. 어떤 때는 하는 짓이 지렁이 똥만도 못한 것들이 잔머리를 굴려 땅을 살립네, 공기를 청정하게 보호합네, 강바닥을 긁어내고 강둑을 높여서 물길을 바로잡네 …… 허풍을 떠는 데 그치지 않고, 온 생명체를 한꺼번에 도륙하는 아수라장을 만들면서도 그것을 허물로 여기기는커녕 자랑거리로 내세우는 판에 일흔 가까운 늙은이가 비 맞은 중 웅얼거리듯 입 안에서 우물거리는 반벙어리 냉가슴 앓는 소리를 내보았댔자 귀담아 듣는 사람이 몇이나 되랴.

그러나 나 머리털 나고 지금까지 살아오는 동안에 옛 어른들 입에서 작은 것이 큰 것을 감싼다는 말은 들어본 적이 없다. 보호 받고 있고, 보호 받는 것을 고마워해야 할 미물들이 도리어 목숨을 지켜주고, 살게 하고, 살림꾼 노릇을 하게 해주는 이들을 이렇게 능멸하는 꼴을 본 적도 없다.

우리보다 훨씬 더 큰 생명 공동체의 고마운 임들(이 안에는 온갖 풀과 나무, 미생물도 포함되고, 산과 들과 바다에서 자라거나 뛰노는 온갖 생명체도 들어 있다.)이 개망나니들에게 깔보이는 단계를 지나서 짓밟히고 목 졸리고 무더기로 목숨 앗기는 이 돈독 오른 자본 세상에서, 스스로 살 길도, 서로 살릴 힘을 북돋울 길도 없어진 우리 생명 공동체의 바르고 착한 목숨들이 참 삶을 가꾸고 제대로 된 큰살림을 하자는 뜻에서 쓴 지 오래된 글들이 한데 묶이는 일에 기꺼운 마음으로 고개 끄덕인 철없는 늙은이의 노파심이라니. 쯧쯧.

이 오래된 글과 생각에 새 기운을 불어넣어준 선완규 선생과 김선
경, 임미영 선생 등 휴머니스트 출판사 살림꾼들에게 이 자리를 빌려
‘고맙습니다.’ 하고 절을 올린다.

2010년 1월

윤구병

차례

1 신나는 삶을 궁리하며

신나는 삶을 궁리하며 17

낡은 기술도 쓸모가 있다 24

피사리 28

말로만? 31

하늘이 내린 약초 35

묵은 밭을 다시 일구며 38

물꼬 트기와 풀베기 45

팽나무 할매, 고맙구먼이라 49

사람이 하는 일과 하늘이 시키는 일 54

2 눈보라 치는 개펄에 향나무를 묻으면서

바람을 부리는 민들레 씨앗처럼 59

꽃피고 새 우는 사연 63

삶에 이르는 길 66

눈보라 치는 개펄에 향나무를 묻으면서 77

진짜 문제와 가짜 문제 83

건강한 삶을 되찾기 위하여 88

버리지 않는 삶 97

죗값 100

좁쌀영감의 잔소리 106

비닐 이야기 109

3   이렇게 미적거리다 죽을 순 없지

마음 놓고 살 수 있는 세상   115

막다른 골목에 서서   120

제비의 속도와 날벌레의 속도   124

늙은 자식 업고 살기   127

까막눈의 넋두리   130

'자연의 아들' 과 '사람의 아들'   135

불량 식품의 날   140

이렇게 미적거리다 죽을 순 없지   143

자연이 차려주는 밥상   147

아이를 지키는 균   151

4 진정한 연대는 생명 연대다

목숨과 목숨 값의 반성 163

모든 생명체를 살리는 힘 168

뿌리에서 샘솟는 문화 174

내가 꿈꾸는 공동체 184

밤이면 풀들도 잠을 자야 한다 188

그 세상에는 돈이 없다 192

진정한 연대는 생명 연대다 198

1

신나는 삶을 궁리하며

신나는 삶을 궁리하며

지금 당장 시골로 내려와 함께 농사짓고 살자고 하면 고개를 살래살래 저을 분이 많을 것이다. 하기야 나도 거의 40년 만에 농사일을 거들어보니 시골 사람들이 왜 도시로, 도시로 한사코 빠져나가려고 하는지 그 속내를 알겠다.

올해 나와 뜻을 같이하는 변산 식구들이 고추 농사를 한 500평 지었다. 5월부터 10월까지 여섯 달 동안 아홉 식구가 날마다 고추밭에만 매달리다시피 했는데 글쎄, 고추 수확이 500근쯤 되나. 올해는 고추 값이 좋은 편이라 한다. 게다가 우리가 수확한 고추는 화학비료를 먹고 자란 것도 아니고 제초제나 농약을 쓴 것도 아니니, 김칫국 먼저 마시는 셈 치고 한 근에 1만 원씩 받는다고 치자. 그러면 500만 원 소득이 되는 셈인데 이걸 아홉으로 나누고 또 여섯 달로 나누면 한 사람이 한 달에 얻은 소득은 돈으로 쳐서 10만 원이 채 안 된다. 그래서 모여 앉아 의논을 했다. 결국 내다 팔지 말자는 결정이 났다. 아랫집에 사는 순창에서 시집왔다는 할머니의 도움을 얻어 몽땅 고추장을 만들자고 입을 모은 것이다.

물론 이렇게 된 데에는 여러 까닭이 있다. 농사머리가 트인 사람이 없었던 데다가 때도 제대로 못 맞추고 풀을 일찍 잡지 못해 반쯤은 고추밭이 풀밭이 되어버린 탓도 있고……. 어쨌거나 애써 지은 농산물을 시장에 내놓겠다는 마음이 올 한 해 경험으로 싹 가셨다.

내가 이런 말을 하니까 이렇게 물을 분도 있겠다.

"곡식이나 남새를 시장에 안 내놓으면 먹고사는 문제야 어찌어찌 해결된다 치더라도, 대체 아이들 교육은 어떻게 시키고, 그 밖에 이런저런 비용은 어떻게 쓰려고 그러시오?"

지금 그 문제를 놓고 고민하고 있다. 주곡을 중심으로 해서 농사를 짓자. 그리고 한 번 세운 고집이니 비료와 제초제와 농약 쓰는 농사가 아닌 유기농, 그리고 언젠가 여기에서도 벗어나 자연농으로 농사를 짓되, 우리 먹을 것과 이웃에게 조금 나누어줄 것밖에는 안 나올 터이니 가용을 마련할 딴 길을 찾아야겠다. 그러자면 일차 생산품을 시장에 내지 않고도, 또 부자들이나 밥상에 올리는 비싼 '유기농 식품'으로 수지를 맞출 생각을 말고도 가용을 쓸 마련이 있어야 하는데, 어찌하면 좋을꼬. 이리저리 궁리하다가 낸 꾀가 항아리 모으는 일이었다.

아는 분은 알지 모르지만 요즈음 시골에서도 항아리는 천덕꾸러기다. 어쩌다 옛날처럼 장독간에 항아리가 그득하게 들어차 있는 집도 보이지만, 그런 집은 아직 노인들이 지키고 있는 집뿐이고, '개명된' 젊은이들이 사는 집에는 어쩌다 항아리가 있다 하더라도 말짱 광명단을 써서 번들번들한 어깨 좁은 신식 항아리가 대부분이다. 집을 비우고 대처로 나간 집에는 으레 항아리도 함께 버림받기 일쑤이다. 그래서 생각한 것이 이 버림받은 항아리를 모아 간장과 된장, 고추장, 효소, 식초, 약초 술 …… 좌우간 띄울 수 있는 모든 먹을거리를 띄워서 그걸 내다 팔아 가용을 쓰자는 것이었다. 그동안 옛 항아리들을 부지런히 모았더니 지금은 200개가 넘는 항아리가 여기저기 자리 잡게 되었다. 모두가 숨 쉬는 항아리들이다.

맨 먼저 이 항아리에 담아 띄운 것이 고구마 순이다. 누구에게 고구마 순이 몸에 좋다는 귀띔이라도 받았냐고? 아니다. 앞서 이야기했듯이 화학비료도 제초제도 농약도 쓰지 않고 길러낸 것인데, 아무리 고구마 순에 지나지 않는다 하더라도 그냥 버리기 아까워서 황설탕에 버무려 효소를 한번 만들어본 것뿐이다. 그런데 효소를 만들어보니 맛이 그럴듯하다. 효소를 만들어낸 부산물과 즙을 짜고 남은 찌꺼기의 냄새가 그럴듯해서 그 찌꺼기를 입에 넣고 오물거려보았다. 변산 식구들 가운데 술을 즐기는 사람이 몇 있어 공모 작당하여 이 찌꺼기를 다른 항아리에 쏟아 넣고(원래는 두엄으로 쓰려던 것이었다.) 소주를 부었다. 한 달쯤 있다가 찌꺼기에서 발효된 술맛을 보았더니 기가 막혔다. 그래서 지금 고구마 순 효소와 술이 여러 항아리다.

다음으로 뜻을 모은 것이 감식초를 만들자는 것이었다. 우리가 자리 잡은 동네는 옛날부터 감나무가 많기로 이름난 곳인데, 이 감들이 맛은 좋지만 언뜻 보기에 썩 입맛이 당기는 생김새는 아니다. 알이 한 볼따구니도 안 될 만큼 작은 데다 한구석에 먹물이 들어 있어서 마을 어른들은 먹감이라고 부르는데, 요즘 도시내기들이 겉모습만 보고 물건을 고르는지라 상품가치가 영 없다고 한다. 그러니 그 많은 감을 마을 사람들이 다 먹어치울 수도 없고, 그래서 나무에 매달린 채 겨울을 나는 수도 많은데, 듣자하니 감식초가 무척 인기가 있다지 뭔가. 에라, 이 감들을 몽땅 이 항아리 저 항아리에 쏟아 넣고 저절로 삭아 식초가 되기를 기다리자는 생각을 했다. 서리가 내리기 시작하면 이렇게 해서 감을 채운 항아리도 꽤 될 것 같다.

그래도 비는 항아리가 꽤 많을 터인데, 농사철이 지나면 칡뿌리를 캘 작정이다. 그동안 옛 어른들이 괭이로 일구어놓은 산비탈 밭이 적지 않았는데, 지난 몇 해 동안 이 밭들이 모조리 묵정밭으로 바뀌어서 칡덩굴이 제 세상을 만났다. 그 칡덩굴을 걷어서 새끼줄 대신 쓰고, 칡뿌리는 캐서 즙을 짜 항아리를 채우면 음료나 효소나 술이나 그 무엇으로든지 쓰임새가 있겠지 싶다. 묵정밭을 다시 일구어 약초 심을 땅도 얻고, 절로 지어진 뿌리 식품을 갈무리하여 가용에도 쓸 수 있을 테니 일거양득일 성싶다. 다만 칡즙을 내자면 압착기가 있어야 할 터인데, 참기름을 짜던 옛날 무쇠로 된 수동식 기름 짜는 기계가 지금은 모두 고철로 팔리는 판이라 하니 어디서 싼값으로 구해다가 짜면 될 것으로 믿는다.

콩도 길렀으니까 내년 봄부터는 간장독과 된장독도 늘 것이고, 고추장독도 늘 것이다. 그러고도 남는 독이 있다면 약초와 효소, 술, 산채소 따위가 담길 것이고, 가까운 곳에 바다가 있으니까 여러 가지 젓갈도 담글 수 있을 것이다.

대장간도 만들 참이다. 가만히 생각해보니 요즘에 가장 돈 안 들이고 쉽사리 만들 수 있는 것이 대장간이다. 망치와 모루는 이미 마련해놓았다. 왕겨를 때서 불을 피울 화덕을 만들고, 손으로 바람을 일으키는 풍구를 구하면 솜씨를 익히는 것만 남는다. 쇠는 길이나 논둑 가에 버려진 망가진 자동차나 농기구가 쌔고 쌨으니까 걱정이 없다.

대장간 만드는 일이 급하다는 건 못을 불에 달구어 망치로 두들겨서 주머니칼을 만들 때 느꼈던 어린 시절의 그 뿌듯한 성취감에 대한 추억 때문이기도 하지만, 사실은 농기구 개량 때문이다. 얼마 전에 의정부에서 농사짓는 김준권 씨 집을 가보았는데, 이분은 중학교를 나오고 서른 해가 넘도록 농사만 지었다는 분이다. 그동안 스위스에도 한 해 가서 농사일을 배우고, 일본에서도 한 해 반 남짓 농사일을 배웠다 하니 보통 농사꾼은 아니다. 이분은 동파이프와 동판을 이용해서 태양열을 끌어다가 한겨울에도 더운 물을 쓰는 손쉽고 값싼 방법을 고안해낸 일이며, 버려진 낡은 합판을 써서 이동식 건조대를 만들어 쓰고 있는 일이며, 물로 씻어내지 않고도 냄새가 안 나는 좌식변기를 집 안에 설치한 일이며, 퇴비나 똥통에서 나오는 메탄가스를 뽑아 연료로 쓰는 길을 알고 있는 것하며 …… 못하는 일이 없지만, 얼마 전에 저지른 일 가운데 내 눈에 번쩍 뜨이는 것 하나는 이분이 고안해낸 제초기다.

용도에 따라 날을 갈아 끼울 수 있게 만든 이 제초기는 손잡이가 두 개 달리고 플라스틱 바퀴가 하나인 수동식 제초기인데 스위스에서 농사일을 배우다가 착상해낸 것이라고 한다. 이 제초기가 기가 막히다. 날만 적당히 갈아 끼우면 어디서도 쓸 수 있으니까. 특별한 기술이 없어도 아무나 다룰 수 있다. '아하, 바로 이것이로구나! 어렸을 적부터 농사일이 뼈에 박히지 않은 어정쩡한 풋내기 농사꾼도 한몫할 수 있는 길이 아예 없지는 않구나. 경운기나 트랙터나 콤바인을 만들어내는 일 못지않게, 아니 그보다 더 소중한 것이 이런 농기구를 끊임없이 만들어내서 스스로도 쓰고 이웃에게도 보급하는 길이구나.' 하는 생각이 들었다. 그러니 대장간 만드는 일이 급해질 수밖에.

대장간을 만든 다음에는 옹기 가마와 도자기 가마 만드는 일도 서둘러야겠다. 간장이고 된장이고 고추장이고 효소고 식초고 약초 술이고 새우젓이고 할 것 없이 항아리째 내다 팔 수는 없잖은가. 조금씩 그릇에 담아 팔아야겠는데, 유리그릇은 그렇다 치고, 플라스틱 그릇이나 봉지에 담아 팔기는 영 마뜩하지 않다. 빈 그릇이라도 간직해서 쓸모가 있고 깨져서 버리게 되더라도 땅에 돌아가 해롭지 않을 그릇을 생각하다 보니 도자기나 옹기였다. '그렇다면 가마를 만들자. 가마를 만들되 나무가 엄청나게 들어가는 전통 가마만 고집할 게 아니라 열효율이 높아서 땔감을 얼마 쓰지 않아도 그릇을 잘 구울 수 있는 가마를 새로 고안해서 그릇들을 빚어내자.' 하는 생각이 들었다. 뜻이 있는 곳에 길이 있겠지.

그릇 가마와 함께 목공실도 만들 생각이다. 세간 장만도 뒤로 미룰 수 없거니와 내 손으로 장이나 농이나 밥상을 만들고 창틀을 짜고 분합문을 만들고 하는 일도 여간 뿌듯한 일이 아니다.

그리고 무엇보다도 이런 작업장은 아이들을 건강한 공동체의 구성원으로 길러내는 데 없어서는 안 될 기본 설비일 것 같다. 이 세상에 쇠 두드리고 흙 주무르고 나무 깎기 싫어하는 아이가 어디 있겠는가? 잿빛 하늘에서 농약과 식품 첨가물로 뒤범벅된 음식을 먹으면서 숨도 제대로 쉬지 못하고 어깨 한번 제대로 펴지 못하고 사는 우리 아이들, 그리고 그렇게 커서 뒷골목 생활하기 십상인 우리 아이들을 사람답게 키울 수 있는 길이 따로 있을 것 같지 않다.

먹고살 걱정 없고 자식 교육 걱정 없고 함께 모여 신나게 어우러져

놀 수 있으면 누가 남의 종살이로 한평생을 보내려고 하겠는가. 우리 변산 식구들이 이루어내고자, 되살려내고자 하는 삶터가 바로 그런 곳이라면 어떤가? 같이 그런 삶터 이루어볼 생각 없는가?

낡은 기술도 쓸모가 있다

꼬박 15년 동안 몸담았던 대학을 떠나 풋내기 농사꾼으로 살면서 느끼는 점이 참 많다. 낫을 제대로 갈 줄 아나, 때맞추어 김을 맬 줄 아나, 무엇 하나 제대로 하는 것이 없다. 농사일에 쓰이는 연장 이름도 아직 다 모르고 있다. 모르면 배워야지 하는 생각으로 게으름을 부리지 않고 지난 한 해 동안 부지런히 몸을 놀렸지만 농사라는 게 어디 한두 해 경험으로 익힐 수 있는 일인가? 한 해가 저물도록 미처 경운기 모는 법도, 쟁기질도 배우지 못하고 내년으로 미루고 있다.

요즈음 세상에는 기술자가 되어야 대접을 받는다고 한다. 살아오면서 기술다운 기술을 익혀보지 못한 터라 그럴싸하게 여겼는데, 웬걸, 시골에서 살다 보니 그 말을 액면 그대로 받아들여서는 안 되겠다는 생각이 든다. 내가 보기에 농사꾼만 한 기술자가 따로 없다. 우리 마을에 사는 예순이 넘은 어른들이 몸에 지니고 있는 기술을 예로 들어 보겠다. 새끼 꼬기, 짚신 삼기, 가마니 짜기, 멍석 엮기, 지붕에 이엉 얹기, 토담 쌓기, 무명·모시·명주 같은 온갖 실잣기, 베 짜기, 옷감에 물들이기, 약식·약과·강정·산자 같은 온갖 한과 만들기, 식혜나 수정과, 술 담그기, 망치질과 톱질, 끌질로 짐승 우리와 사람 사는 집짓기, 갖가지 김치에 젓갈에 장 담그기, 벌이나 누에를 치고, 닭이나 오리, 개, 소, 돼지 기르기, 쟁기질, 가래질, 써레질에 관리기, 경운기, 트랙터, 콤바인 몰기…… 이렇게 늘어놓다 보면 한이 없다.

도대체 그 많은 기술을 언제 어떻게 익힐 수 있었는지 입이 딱 벌어질 지경이다. 그 기술들도 따로 시간을 들여 익힌 것 같지는 않다. 밭농사, 논농사를 하는 틈틈이 몸에 익혔음에 틀림없다. 이 기술들 가운데는 요즈음 사람으로서는 흉내도 낼 수 없어 그야말로 '인간문화재'를 따로 뽑아 보존해야 마땅한데도 계승자가 없어 사라질 형편에 놓인 정교한 기술이 한두 가지가 아니다. 놀라운 것은 그 많은 기술 가운데 사는 데 불필요한, 쓸모없는 기술은 하나도 없다는 것이다. 그 모두가 살아가는 데 꼭 필요한 기술들이다. 그리고 그 가운데 많은 기술은 요즈음에도, 또 앞으로도 쓸모 있는 기술들이다. 그 중에는 영원히 낡지 않는 기술도 있다.

학생들이 학교에서 받는 기술교육은 농사꾼들이 몸에 익힌 기술에 견주면 교육이라고 할 것도 없는 단순한 것이다. 그런데도 요즈음 사람들은 그 간단한 기능을 몸에 지니는 데도 힘이 들어 쩔쩔 맨다.

내가 마을 어른들에게 "그 많은 기술을 언제 어떻게 배우셨어요?" 하고 물으면 그분들은 "배우고 자시고 할 것 뭐 있어. 그저 살다 보면 몸에 익는 거지." 하고 심상하게 웃어넘긴다. 무안해서 "저는 오십이 넘도록 살았는데도 몸에 익힌 기술이 하나도 없는데요." 하면 "도시에서 펜대 잡고 사는 사람들 다 그렇지 뭐. 농사짓고 살려니까 이런 기술도 필요한 거지, 농사 안 지으려면 뭐가 필요하겠어." 하고 만다. 이런 말을 들을 때 가슴이 찔리는 건 마음이 여려서만은 아닐 게다.

과민해서 그런지는 몰라도 그 말 속에는 귓전으로 흘려버리기에는 찜찜한 뼈가 들어 있는 듯하다. 어찌 들으면 '네가 쉰 살이 넘게 살았다고 하지만 제 손으로 제 앞가림할 기본 기술도 익히지 못한 주제에 어떻게 살았다고 할 수 있느냐?'는 꾸지람이 담겨 있는 듯도 하다.

그런데 이 놀라운 기술들을 한두 가지가 아니라 수십 가지, 수백 가지 몸에 지닌 농사꾼들이 그 기술 덕분에 잘 먹고 잘 사느냐 하면 그렇지 않다. 우리가 컴퓨터 없이는 살 수 있어도 밥 안 먹고는 못 산다는 단순한 이치로 보더라도 고도의 기술력으로 나라의 기초 살림을 떠받드는 농사꾼이 누구보다 더 잘 사는 게 마땅할 것 같은데, 농사짓는 사람들은 우리 사회에서 누구보다도 못 사는 축에 든다. 이러니 '기술입국'이라는 말이 자꾸 공허하게만 들리고 기술자가 잘 사는 세상이라는 말이 믿기지 않는 것은 당연한 일이 아닌가.

하기야 얼마 전까지만 해도 신문사나 인쇄소에서 대접받는 기술자였던 식자공들이 윤전기가 들어오면서 하루아침에 직장을 잃은 사례나, 식자공을 잇는 기술자로 각광 받던 사진식자 전문가들이 컴퓨터의 등장과 함께 자취가 사라진 사례도 있으니까 기술도 기술 나름일지 모른다.

그러나 어느 날 새 기술이 개발되면 어제까지 유용하던 기술이 그 기술을 지닌 전문가까지도 포함해서 휴지 조각처럼 버려지는 세상이 좋은 세상일까? 나는 그렇게 생각하지 않는다.

요즈음 내가 사는 시골에도 온돌에 불을 때고 사는 집이 없다. 연탄을 때는 집도 몇 집 안 된다. 그래서 옛날 같으면 겨울철이 오면 지게 지고 눈길을 밟으면서 먼 산에 나무하러 다녔던 사람들이 집 곁에 통나무가 굴러다녀도 무심히 비바람에 썩도록 내버려둔다.(아까운 땔감이 그냥 버려지는 게 아까워서 낡은 기술을 되살려 건넌방에 온돌을 놓았다. 기술이 시원찮아 방이 골고루 덥혀지지 않고 방 한쪽이 기울기는 했지만 그런 대로 잘 만하다.) 어디 그뿐인가. 내가 어렸을 적만 하더라도 새끼줄은 농촌에서 생명줄이나 다름없었다. 그래서 사시장철 새끼 꼬는 모습을 언제 어디서나 볼 수 있었다. 그러나 지금은 동아줄보다 더 튼튼한 비닐끈이 지천으로 깔려 있어서 아무도 새끼를 꼬지 않는다. 가마니 대신 지퍼까지 달린 콤바인 포대가 나왔고, 멍석 대신 훨씬 가볍고 질긴 화학 섬유로 된 곡식 말리는 천과 방수포가 집집마다 쌓여 있다.

그런데도 나는 어린 시절 기억을 되살려 볏짚으로 새끼를 꼬았다. 굳이 낡은 기술을 고집해서가 아니다. 곶감을 깎아 처마 끝에 매달려고 하니 새끼줄이 없었다. 비닐로 된 새끼줄을 사려면 면사무소 소재지까지 가야 하는데, 바삐 걸어도 오가는 데 한 시간이 넘게 걸린다. 새끼줄을 꼬아 쓰면 30분이면 너끈한데 굳이 시간 버리고 돈 들여가며 비닐끈을 써야 할 이유가 없었다. 그래서 낡았지만 내 삶에 유용한 기술 쪽을 선택한 것이다.

그러고 보니 농촌에서 농사짓고 살다 보면 이런저런 삶에 필요한 기술이 몸에 익는다는 마을 어른의 말씀이 빈말은 아닌 듯싶다.

피사리

40여 년 만에 농사일다운 농사일을 처음 해본 작년까지만 해도 나에게 우리가 심지 않은 풀은 '잡초'에 지나지 않았고, 이 '잡초'는 원수의 사촌쯤으로 여겨졌다. 올해 들어 처음으로 '잡초'로 알고 무자비하게 뽑아 던진 풀들이 약초나 나물이었음을 뒤늦게 깨닫고 나서는 '이 세상에 잡초는 없다.' 생각하고 저절로 밭에서 자라는 여러 가지 풀을 거두어 마흔 가지 가까운 효소를 담으면서 '풀들과 사이좋게 지내는 길'을 찾기 시작했다. 쑥, 억새, 취순, 조뱅이, 소루쟁이, 명아주, 엉겅퀴, 살갈퀴, 한삼덩굴, 개모시풀, 달개비 …… 하다못해 지난해 너무 지긋지긋해서 체머리가 흔들리던 바랭이까지 지금 단지와 항아리 속에서 효소로, 술로 익어가고 있다.

풀들을 원수가 밤에 몰래 와서 뿌리고 간 '가라지'로 여기지 않고 하느님이 우리의 편식 습관을 고쳐주고 일손을 덜어주려고 심어주신 약초와 나물로 여기기 시작했다니, 사실이 그렇다면 농사가 일이 아니고 놀이가 아니겠느냐고 지레 짐작할 분들이 있을지도 모르겠다. 그러나 사이가 좋아졌다 나빠졌다 하는 것은 사람들 사이에서만 일어나는 일은 아닌 듯하다. 마늘을 뽑아낸 자리에서 자란 바랭이는 베어서 효소를 담아보니 맛이 그럴듯해 예뻐 보이더니, 당근과 감자를 심어놓은 자리에 당근이나 감자보다 더 빨리 자라서 당근밭과 감자밭을 바랭이밭으로 둔갑시켜놓는 놈은 어찌 그리 미운지. 게다가 이놈들은 이미 고추밭을 망쳐놓고 콩밭을 반쯤 망쳐놓은 죄가 있는 놈들이다. 꼬박 며칠에 걸쳐 ‘이놈들, 이 나쁜 놈들, 애써 퇴비를 만들어 당근과 감자 먹으라고 주었더니 곁에서 다 가로채 먹고 당근과 감자 순이 발 디딜 틈조차 남겨놓지 않으니, 네놈들을 그냥 두었다가는 올 겨울 반찬 걱정도 걱정이려니와 동네가 창피해서 견딜 수가 없다. 이 밉고 또 미운 놈들아.’ 마음속으로 앙심을 다지면서 죄다 긁거나 뽑아 던졌다.

피도 마찬가지다. 지난해 가을 논에 나가 보니 다른 논에는 피가 하나도 없는데 우리 논은 그야말로 피바다였다. 마을 어른마다 만나면 한마디씩 ‘피사리를 제대로 못하겠거든 고집 피우지 말고 제초제를 뿌릴 것이지.’ 하고 혀를 차시는데, 그때마다 얼굴이 벌게졌다. 오죽했으면 일손 도우러 멀리서 온 손님들에게 가위 하나씩 들려 벼 모가지 위로 올라온 놈만 목을 싹둑싹둑 잘라 눈가림을 하려 들었을까. 올해는 장성 한마음 공동체에 가서 우렁이를 10여만 원어치 사다가 논에 풀어놓았더니 피가 보이지 않아 마음을 놓고 있었다. 우렁이가 그 힘든 김매기를 대신해주니 이 아니 기쁠쏜가 하고. 그런데 웬걸, 9월 초에 나가 보니, 하느님 맙소사. 피들이 벼 포기 사이로 고개를 치켜들고 팔을 벌려 만세를 부르기 시작하는데, 3·1운동 때 탑골공원과 종로 거리를 메웠던 태극기 물결이 저랬을까 싶었다.

작년에야 뒤늦게 논농사를 시작한 데다 물정을 모르고 일머리가 잡히지 않아 그랬다는 변명이라도 있었지만, 올해까지 피농사를 지으면 내년에는 농사 그렇게 지으려거든 논을 도로 내놓으라고 할지도 모를 일이었다. '우렁이 믿기를 정말 우렁각시 믿듯이 한 게 잘못되어도 단단히 잘못되었구나.' 이래서 지난 9월 8일부터 11일까지 꼬박 사흘과 한나절을 피사리하느라고 허리 펼 틈이 없었는데, 그러다 보니 어렸을 때 피사리하다가 "아이고 허리야." 하고 나도 모르게 소리를 지르면 "아그덜한테는 허리가 없는 벱이여. 이놈아, 허리는 무신 놈의 허리. 아이고, 잔등아 해야제." 하고 우스개 반 꾸지람 반으로 나무라시던 집안 어른들 말씀이 다 머리에 떠오른다.

허리와 다리가 뻣뻣해지고 자고 나면 손등이 붓고 손가락을 오그리기 힘이 드는데, 이럴 줄 미리 알았다면 일찍이 논고랑 한번 헤쳐가면서 뿌리가 얕을 때 피를 뽑아줄 걸 하고 뒤늦게 후회해본들 무슨 소용 있겠는가. 곁에서 피사리하던 유 군도 어지간히 힘이 드는지 "이 피가 벼로 바뀌게 하는 방법은 없을까유?" 하고 묻는데, "그려, 그려, 우장춘 박사보다 유광식 박사가 더 유명해지겠구먼." 하고 눙치는 것으로 죽을 맛을 숨기는 수밖에.

이래저래 한편으로는 풀과 화해하고, 또 한편으로는 풀과 전쟁을 치르다 보면 하루가 가고, 한 달이 가고, 한 철이 지나는 듯하다.

말로만?

비가 내리고 난 뒤 쌀쌀한 바람에 몸을 움츠리며 물에 불은 콩을 주웠다. 떨면서 한나절 동안 허리 한 번 제대로 펴보지 못하면서 주운 콩이 한 됫박이나 될까. 돈으로 바꾸자면 누가 2,000원도 주지 않으리라. 그 시간에 대기업 사보 같은 데에서 온 청탁을 거절하지 않고 원고를 썼으면 100배쯤 높은 고료를 받아 챙길 수도 있었을 텐데 하는 실없는 생각도 뒤늦게 떠올랐지만 콩을 줍는 순간에는 밭에 널린 흰콩밖에 보이지 않았다.

며칠 전에 의성에 사는 김영원 장로님이 다녀갔다. 평생을 두고 돈 안 되는 주곡 농사를 고집해온 분이다. 이분이 한 이야기 가운데 기억에 남는 말이 있다. 300평 밭에 밀을 심으면 500킬로그램쯤 수확한다고 한다. 이것도 잘 지을 경우의 이야기다. 우리밀살리기운동본부에서 후하게 쳐주는 값이 밀 1킬로그램에 800원. 모두 팔아야 손에 쥐는 돈이 40만 원이다. 그 돈 받고 내다 파느니 차라리 집에 제분기 들여놓고 밀가루로 빻아 수제비를 뜨거나 밀개떡을 해 먹으면 이웃과 나누어 먹더라도 주리지 않고 한 철 날 수 있으니 그렇게라도 하자는 게 김 장로님의 생각이다.

구태여 집에 제분기를 들여놓을 필요가 어디 있느냐고? 밀을 방앗간에 가지고 가면 빻는 삯이 밀 값의 30~40퍼센트나 된다. 그것도 적은 양은 빻아주지도 않는다. 한꺼번에 많이 빻아두면 보름에서 스무 날만 되어도 밀가루에서 바구미와 벌레가 생긴다. 이놈들이 생기지 않게 하려면 방부제를 쓰는 수밖에 없는데, 그렇게 되면 수입 밀가루나 다름이 없게 된다. 그래서 김 장로님은 요즈음 가정용 제분기 보급을 '운동' 삼아 하고 있다. 우리도 김 장로님이 자기 돈 들여 개발한 가정용 제분기를 한 대 들여놓았는데, 부품에 문제가 있다고 그걸 갈아주러 온 것이다.(그동안 우리는 몇 번 밀가루를 빻으면서도 부품에 문제가 있는지 어떤지 몰랐는데, 김 장로님이 여러 차례 써보고 스스로 문제가 있다고 파악하여 이렇게 전국 각지를 돌아다니며 고쳐주고 있다.)

농사를 지어보지 않은 사람은 밭 3,000평 가꾸기가 얼마나 힘든지 잘 모를 것이다. 농기계도, 농약도, 화학비료도 쓰지 않고 옛날 방식을 고집하며 농사를 짓는 경우에 한 집에서 밭 3,000평 가꾸려면 그야말로 뼈가 휜다. 장정이 낀 네댓 식구가 달려들어도 힘에 벅차다. 주곡 농사를 할 경우에 토질이 비교적 좋은 곳에서는 200평 한 마지기에 50만 원, 나쁜 곳에서는 300평에 50만 원 소득이 생긴다 하니, 좋은 밭이라 쳐도 3,000평에서 생기는 소득이 다 보태서 750만 원이다. 네 사람이 매달린다 해도 한 사람에게 돌아오는 노동의 대가는 한 해에 200만 원이 안 되니 한 달에 20만 원을 훨씬 밑돈다.

형편이 이러니 누가 주곡 농사를 거들떠보려고나 할까. 우리 동네에서 밀농사, 보리농사, 콩농사에 매달리는 우리를 보고 '저 사람들 곧 손 털고 일어설 거여.' 하면서 손가락질하는 분들이 많은 것은 아주 당연하다. 그리고 생활 형편이 나은 집, 못한 집 할 것 없이 농촌에 젊은이들이 남아 있으려 들지 않는 것도 백번 이해할 만하다.

입으로만 '반미' 외치면 무얼 하나. 쌀만 겨우 90퍼센트쯤 자급이 되고 밀과 보리, 콩 같은 그 밖의 주곡 자급률은 5퍼센트 남짓밖에 안 되는 걸.

나 어렸을 적에 아버지께 들은 말이 기억난다. '정치에서 망한 나라는 다시 일어설 수 있어도 경제에서 망한 나라는 다시 일어서지 못하는 법이다.' 지금 우리나라 꼴이 그 모양이다. 세계 식량 사정은 나날이 나빠지고 있는데, 우리나라에서 흉년이 들어 굶어죽는 사람이 나타나는 건 어쩔 수 없는 일이라 치더라도 미국에서 흉년이 들어 우리나라 사람이 떼죽음을 한다면 누구를 원망해야지? 실정이 이러한데도 흉년 들어 고생하는 북한 동포들 보고 거드름을 피우는 꼴이라니!

신문, 텔레비전 아예 안 보고 산 지 1년이 가깝지만 가끔 외출을 해서 신문이나 텔레비전을 보면 열불이 난다. '돌아오는 농촌'을 만든다면서 하는 수작이 정말 꼴불견이다. '제주도 어느 마을에서는 비파를 심어 떼돈을 벌었단다.' '경상북도 상주에서는 유난히 단 수박을 재배하여 몇 억의 소득을 올렸단다.' 만날 이런 이야기뿐이다. 주곡 농사만 지어도 살길이 열린다는 이야기는 눈을 씻고 보아도 없다. 이렇게 허황된 이야기로 시청자를 현혹시키니, 그 말에 넘어가서 도시 생활을 청산하고 시골에 들어온 사람이 있다 하더라도 그 사람은 이미 농사꾼이 아니다. 농사꾼이 아닌 사람이 농촌에 들어와 살 수 있나. 열에 아홉은 몇 해를 못 버티고 빚만 산더미처럼 진 채 손 털고 나가거나 야반도주하기 일쑤지.

부르텄다가 옹이 박힌 손 다시 부르트도록 괭이로 일군 밭에 밀, 호밀, 겉보리, 쌀보리 잔뜩 심어놓고 속으로 이렇게 중얼거린다.

'그래, 내년에 미국이나 캐나다나 호주나 어디에고 흉년 한번 들어봐라. 태평양에 양곡 실은 배가 끊어지면 니네가 비파나 수박 먹고 배 채울래? 꽃냄새나 맡으면서 고픈 배 참으렴.'

심보가 고약하다고? 그래, 식량 자급 없이도 주권 국가 행세할 수 있다고 야바위 치는 놈들 심보는 무슨 놈의 심보라서 그렇게 예뻐 보이고, 찬비에 몸 오들오들 떨어가면서 콩알 하나가 아까워 허리도 못 펴고 주섬주섬 줍는 사람 심보는 어디가 어때서 그렇게 고약해 보인담?

지난해, 그러께까지만 해도 너도 똑같은 놈이었잖아? 그렇다. 똑같은 놈이었다, 어쩔래? 똥 묻은 개였다. 그렇게 대들면 뭐 나아질 줄 알아? 내가 이렇게 욕을 해도 내가 거둔 곡식 어디 나 혼자만 먹자는 건가. 마치 컴퓨터 칩만 먹고도 살 수 있는 별난 위장을 지닌 것처럼 설치는 자들 꼴 보기 싫어서 비아냥거려보는 거지.

마지막으로 한마디 더. 몸은 친미 일색이면서 말로만 반미 하면 뭐해? 이러다간 끝까지 종놈 신세 못 벗어나.

하늘이 내린 약초

　농사를 지은 지 올해로 네 해째 접어든다. 오뉴월이 되면 산도 들도 온통 푸름으로 뒤덮인다. 옛날엔 이 무렵이면 푸른 밭이랑 사이로 베적삼에 흰 무명수건을 머리에 두른 아낙네들의 김매는 모습을 흔히 볼 수 있었다. 한 고랑 매고 다음 고랑에 접어들면 풀 맨 고랑에서 다시 풀잎 돋는 소리가 들린다는 말이 있을 만큼 꼭두새벽부터 해거름까지 날마다 긁어 던지고 뽑아 팽개쳐도 다시 돋는 풀.

　그러나 이제는 그 모습도 정겹던 지난날 일이 되어버렸다. 밭을 갈아엎고 제초제를 뿌려놓으면 풀이 돋아나지 않는다. 구멍 뚫린 검정 비닐을 밭에 깔고 구멍에 씨앗을 박거나 모종을 해도 풀 걱정은 없다. 그러나 근대화한 이 영농 기술은 땅을 죽인다. 풀을 죽이는 대신에 그 풀뿌리에 의지해서 사는 미생물도 죽이고, 지렁이도 두더지도 죽이고, 마침내는 땅도 죽인다.

　우리 대만 잘 살자고 대대로 물려받고 또 대물림을 해야 할 땅을 죽이면서까지 이 끔찍한 농사법을 따라야만 하는가. 그러나 마을 어른들은 이렇게라도 하지 않으면 당장에 살길이 없다 한다. 마을에 장정이 없다. 죄다 살길 찾아 도시로 떠나버렸다. 동네에 젊은이들이 버글

버글할 적에도 오뉴월 땡볕에 김을 매노라면 폭폭 한숨이 절로 났는데, 이제 허리 굽고 온몸이 뻣뻣하게 굳은 늙은이 몇이 호미를 들고 이 너른 밭을 어떻게 갈무리할 수 있으랴.

그러나 우리마저 그렇게 농사지을 수는 없었다. 땅을 살리는 길은 50년 전 우리 아버지, 할아버지들이 본을 보였던 농사법을 되살리는 길밖에 없다고 여겼다. 첫해는 그 고집 때문에 그야말로 '풀농사'를 지었다. 그렇다고 해서 고집을 꺾을 수는 없었다. 땅이 살아야 사람도 살 수 있다는 것은 움직일 수 없는 진리가 아닌가.

뽑아 던져도 베어 팽개쳐도 다시 움돋는 풀들을 밭둑에 퍼져 앉아 물끄러미 지켜보다 쯧쯧 혀를 차고 지나가시는 노인들을 붙들고 이 풀이 무슨 풀이냐고 여쭈어볼 때가 있었다. 그런데 놀랍게도 이 어른들이 아는 풀보다 모르는 풀이 더 많았다. 그도 그럴밖에. 지난 스무 해 남짓 어떤 때는 돋기도 전에, 또 어떤 때는 자라서 꽃피거나 열매 맺을까 두려워 싹이 돋기만 하면 제초제를 뿌려 없앴으니 그 풀이 무슨 풀인지 예전에는 알았다 하더라도 기억에서 다 지워져버린 것이다.

산야초 도감과 약초 도감들을 눈에 띄는 대로 구해서 산자락을 끼고 있는 우리 밭에 돋아나는 풀이름을 확인하기 시작했다. 그동안 잡초로만 알고 기를 쓰고 뽑아 던졌던 풀이 거의 다 약초들이라는 사실을 안 것이다. 눈이 번쩍 뜨였다. 우리가 곡식이나 남새를 심은 사이사이 누군가 우리보다 더 멀리 내다보고 더 크고 넉넉한 마음을 가진 숨은 이들이 별빛을 낮 삼아 이렇게 약초농사를 짓고 계셨구나. 그런데 우리는 미욱하고 밴댕이 같은 소갈머리로 우리가 직접 심거나 뿌리지 않은 씨앗은 죄다 잡초로만 알고 미움에 사로잡혀 있었구나.

잡초를 없앤다는 마음에서 약초를 거둔다는 마음으로 밭에 들어서면 같은 호미질이라도 한결 가뿐했다. 이렇게 해서 거둔 약초들을 마을 빈 집에서 뒹굴다 우리 손에 들어온 살아 숨 쉬는 옛 항아리들에 차곡차곡 담아 약초 효소로 익혔다.

지금 대숲 뒤꼍에 땅을 깊이 파서 마련한 우리 냉암소에 100여 가지 약초 효소가 익어가고 있다. 냉이, 쇠비름, 억새, 환삼덩굴, 쑥, 조뱅이, 방가지똥, 씀바귀, 엉겅퀴…… 이 약초들이 다 익으면 그것을 섞어 '백초 효소'를 만든다. 옛날부터 100가지 풀을 섞어 즙을 마시면 안 낫는 병이 없다는 이야기가 전해오고 있다는데, 우리는 이렇게 담은 약초 효소를 마시면서 한여름 더위를 이긴다. 이 효소 덕이라고만 할 수는 없지만, 힘이 동네 어른들의 농사보다 몇 곱절 더 드는 미련한 농사를 짓고 있는데도 그동안 우리 공동체 식구들은 잔병치레 한 번 한 적이 없다.

풀농사도 농사라는 생각이 확산되면 제초제는 자취를 감추겠지. 덩달아 다른 농약도 멀리 달아나면 온 나라 땅이 되살아나겠지.

묵은 밭을 다시 일구며

시골에 묵혀놓는 밭이 늘고 있다. 처음에는 소로 쟁기질을 할 수 없는 밭만 묵히더니, 요즈음은 경운기가 들어갈 수 없는 산비탈에 있는 밭은 거개가 묵힌 채로 버려져 있다. 이렇게 묵은 밭을 보면 전에는 가슴만 아프더니 요즘에는 가슴에 아픔 반, 반가움 반이다. 먼 옛날 우리 할아버지와 할머니들이 구슬땀 흘려가며 애써 일구어놓은 밭이 쓸모없이 버려지고 있다고 생각하면 가슴이 아프고, 그래도 저 땅은 이제 제초제나 농약이나 화학비료 때문에 죽어가는 대신 되살아나고 있구나, 살아 있는 저 밭의 땅 밑에서 지렁이나 두더지 같은 것이 마을을 이루면서 살 수 있겠구나, 살고 있겠구나 하고 생각하면 반가움이 앞선다.

우리가 사는 마을에도 묵은 밭이 늘고 있다. 몇 해씩 묵혀놓은 밭도 많다. 그 밭들을 보면 아픔보다는 반가움이 앞선다. 우리 손으로 그 밭을 다시 일굴 수 있기 때문이다. 그리고 그럴 경우에 도조를 내지 않거나 내더라도 조금만 내고 거저 일굴 수 있기 때문이다. 밭을 거저 내주는 분에게도 손해되는 일은 아니다. 그대로 두면 칡넝쿨과 가시덩굴이 우거져 영영 버린 땅이 되어버릴 터인데, 누군가 농사를 지으면 온전한 모습으로 남기 때문이다.

우리가 온전한 밭보다 묵은 밭을 더 반기는 까닭이 있다. 변산에 들어온 우리 식구들이 모여서 맺은 언약이 있다. '땅이 살아야 거기에서 사는 생명체들이 건강을 지키고 살 수 있는데, 사람도 생명체인지라 죽은 땅에서는 살 수가 없다. 앞으로 농사를 짓되, 땅을 죽이는 제초제나 농약이나 화학비료는 쓰지 말고, 또 항생제가 섞인 사료를 먹여 키운 돼지나 소나 닭똥으로 만든 사이비 유기질 비료도 쓰지 말고, 퇴비와 부엽토를 써서 농사를 짓자.'는 언약이었다. 그런데 제 모습을 갖춘 온전한 밭 치고 유기농법이나 자연농법으로 농사를 짓는 분들이 되살려낸 땅을 빼면 땅 밑에 지렁이 한 마리 사는 땅이 없다. 그러니 그 밭에서 키워낸 곡식이나 남새가 온전할 리가 없다. 산비탈에 몇 해씩 묵혀놓은 땅은 그동안 자연의 힘으로 되살아나 땅 밑에 미생물들이 다시 살기 시작하고, 그 미생물들을 먹이로 지렁이들이 꿈틀대고 있으니, 조금 힘은 들어도 잘 일구어 농사를 지으면 건강한 식품을 얻을 수 있으리라는 기대가 생긴다.

올해 들어 산속에 있는 묵은 밭 두 뙈기를 구했다. 하나는 1,600평쯤 되고, 또 하나는 500평쯤 되는데 하나같이 몇 해씩 묵어서 반쯤은 다시 산으로 바뀐 땅들이다. 아직 땅이 풀리지 않은 2월부터 이 밭에 매달렸다. 500평 땅은 산중턱에 있는데 일부는 묵힌 지가 몇 해 되지 않아 그래도 밭 모양이 조금은 제대로 남아 있었다. 그 밭을 가득 채우고 있는 망초대를 뽑아내면서 초나라가 망할 때 온 산과 들에 망초대가 하얗게 차일을 치듯이 피었다는 옛이야기가 머리에 떠올랐다. 그 말을 들을 때는 자연에 이변이 일어나 망초꽃이 늘어나면 나라에 불길한 일이 생기는 줄로만 여겼는데, 낑낑대며 망초대를 뽑고 있으려니 '아하, 그렇겠구나.' 하는 생각이 절로 들었다.

땅을 묵혀놓으면 그 땅에서 제철을 만나는 것들이 있는데, 그 가운데 으뜸은 다북쑥과 명아주와 바랭이와 망초 들이다. 묵히는 햇수가 늘어남에 따라 억새풀과 칡넝쿨과 가시덩굴, 그리고 요즈음에는 아까시나무가 차례로 이사를 온다. 초나라가 망하기 전에 중국 땅이 온통 창과 칼이 맞부딪치는 전쟁터로 바뀌고, 그 전쟁 통에 힘깨나 쓸 만한 젊은이들은 모두 낫과 삽을 들었던 손에 칼과 창을 쥔 채로 전쟁터로 내몰렸을 터이니, 산과 들에 누가 있어 논을 갈고 밭을 일구었겠는가. 여러 해 이어지는 전란에 버려진 밭과 논에서 잡초들이 무성히 자랐을 터이고, 그 가운데 한 대에도 수십 송이, 수백 송이 하얀 꽃을 피우는 망초들이 숲을 이루었을 터이니, 헐벗고 굶주린 데다 전쟁에서 죽고 상한 사람들과 곡식이 자라지 않는 황무지로 가득한 나라가 망하지 않는다면 어느 나라가 망하겠는가.

묵은 밭을 일구는 데도 차례가 있다는 사실을 나이 쉰이 넘은 올해 들어서야 처음으로 깨우쳤다. 그동안 무엇을 하며 살았는지, 내 머릿속에 들어 있는 그 알량한 토막 지식들이 얼마나 부질없는 것이었는지 한숨이 절로 난다.

남 말 하기가 좀 껄끄럽기는 하지만, 실제로 일어났던 일이니 그 일을 거울삼아 묵은 밭 일구기 차례를 말할까 한다. 사실 마을 어르신들은 이미 어렸을 적부터 알고 있는 기초 지식인데도 도시에서 살다가 뒤늦게 농사를 짓겠다고 들어온 우리만 모르고 저지른 잘못이어서 마을에서는 쉬쉬해야 할 이야기다. 지난 3월에 우리 식구 가운데 유 군이 묵은 밭 한 뙈기를 얻었다. 도조를 내지 않아도 되니, 그냥 갈아 먹으라고 동네 어르신 한 분이 선심을 써서 얻은 땅이다. 그런데 그 땅이 무척 오래 묵힌 것이어서 개망초와 칡넝쿨이 우거질 대로 우거진데다가 밭 가운데는 중동을 베어낸 커다란 감나무 그루터기가 있어서 힘깨나 빼야 제 모습을 되찾을 수 있는 밭이었다. 힘이 좋은 데다 몸을 아끼지 않기로 이름난 유 군이 마음을 다부지게 먹고 그 땅에 매달렸다.

맨 먼저 유 군 눈에 거슬린 것은 감나무 그루터기였나 보다. 그 감나무 뿌리가 사방으로 뻗어 있어서 밭고랑을 만들 때 거치적거리기 십상이라 아예 이 감나무 그루터기를 뽑아낼 작정으로 황새괭이와 삽을 들고 며칠을 매달렸는데, 결국 땅만 이리저리 파헤쳤을 뿐 성과가 없었다. 문제는 그 뒤부터였다. 어찌 어찌 냇물에 돌을 깔고 아직 봄갈이를 하지 않은 이웃 논을 길 삼아 경운기를 그 밭에 들이댔는데, 경운기 쟁기 날이 칡넝쿨에 걸려 밭을 갈 수 없게 된 것이다. 뒤늦게야 칡넝쿨을 걷어내려니 칡넝쿨 가운데 적지 않은 부분이 감나무 그루터기 옆에서 파낸 흙덩이에 묻혀 제대로 걷어낼 수가 없었다. 차례를 지켜 일을 했으면 하루, 이틀이면 해냈을 일을 일주일 남짓 걸려도 깔끔하게 마무리 짓지 못한 것이 유 군 탓이라고 할 수 없다. 본 것이 없으니 이런 단순한 일조차 제대로 배울 길이 없었던 것은 유 군만이 아니다.

묵은 밭을 일굴 때는 먼저 땅 위로 솟아오른 명아주대나 쑥대나 억새나 개망초대를 뽑아내야 한다. 그러고 나서 따로 감고 올라갈 나무가 없으면 땅으로 뻗으면서 넝쿨이 뻗어가는 사이사이 버팀대를 마련하려고 뿌리를 내리는 칡넝쿨을 걷어내야 한다. 뿌리 하나에서 여러 방향으로 뻗어가는 칡넝쿨을 잔뿌리 잘라가며 걷어내는 일은 크게 힘 드는 일이 아니다. 이렇게 해서 모든 칡넝쿨이 한 곳으로 모이는 곳을 따라가다 보면 칡뿌리가 있는데, 그 뿌리를 캐내고 나면 그 다음에 남 는 일은 아까시나무를 베고 뿌리를 캐내는 일이다. 산비탈 밭에는 가 시덩굴이 칡넝쿨과 뒤엉켜 일이 까다로울 때가 있는데, 이것도 차례 에 따라 걷어내면 된다. 감나무의 뿌리를 캐는 일은 맨 마지막에 손을 대야 했다.

일의 차례를 무시하고 덤벼드는 풋내기 농사꾼이 혼난 경우가 어찌 이것뿐이겠는가. '일에는 차례가 있다.' 이 말은 어려서부터 동네 어 른들에게서 귀에 못이 박히도록 들어온 말이다. 그러나 건성으로만 들었던 이 말이 이다지도 무겁게 다가설 줄이야 어찌 알았겠는가.

묵은 밭을 일구면서 내 마음의 밭은 그동안 얼마나 묵혀놓았을까 생각한다. 의식이 싹트기 시작한 때부터만 헤아리더라도 마흔 해 가 까이 묵혀놓았던 것 같다. 말이 밭이지 온갖 덩굴 식물과 가시로 뒤엉 켜서 어디서부터 갈피를 잡아야 할지 모를 정도로 제 모습을 잃었다. 옛 어른들은 '선농일체(禪農一體)'라고 하여 농사짓는 일을 참선하는 것과 다름없는 일로 보았는데, 이제라도 몸 부지런히 움직여 열심히 농사를 지으면 덩달아 마음의 밭도 제 모습을 찾을 길이 열릴까.

우리 변산 식구들이 신문도 텔레비전도 보지 않고 산 지가 해를 넘 긴 터라 나라가 돌아가는 판세에 대해서는 가끔 읍내에 나가 어쩌다 사보는 신문이나 풍문을 통해서 알 뿐이지만, 개망초가 하얗게 피어 나는 묵은 밭이 해마다 늘어가는 모습을 보면 불길한 마음을 지울 수가 없다. 어쩌자고 젊은이는 모두 '무한 경쟁'의 살벌한 싸움터인 도시로만 끌고 가고, 시골에는 환갑이 넘은 늙은이들만 죽을 날을 기다리고 있게 한단 말인지. 사람의 몸이 기계로 바뀌지 않는 한, 시멘트 가루나 컴퓨터 칩이나 석유를 먹고 마시면서 살 수는 없는 법인데. 기초 생산 공동체인 농촌과 어촌과 산촌을 지킬 젊은이가 없고, 그 안에서 자라는 아이들이 없다는 것은 우리 사회에 미래가 없다는 징조이다. 이 불길한 징조에도 아랑곳하지 않고 세계화니 정보 통신의 시대니 하여 차례를 밟지 않고 성급하게 장밋빛 환상으로 나라 살림을 망치는 이들이, 비록 항우를 버금하여 힘이 산을 뽑고 기세가 세상을 덮을 정도로 큰 권세를 누린다 한들 어찌 이 나라를 구할 수 있겠는가.

묵은 밭 이야기를 하는 김에 묵은 이야기지만 지난번 국회의원 선거 때 있었던 일을 되새겨보고자 한다. 서울에서 있었던 일이다. 따지고 보면 서울에서만 있었던 일이 아니겠지만 내 인상에 깊이 새겨진 일이 그 일이니 그 일만 이야기하기로 한다. 서울 어느 지역에서 가장 진보적이라는 정당에서 내세운 후보에게 표를 던졌던 사람들은 결과로 보아 가장 수구적인 인물을 국회의원으로 당선시키는 데 도움을 준 것으로 드러났다. 뜻만 앞섰지 일의 차례를 헤아리지 못한 탓이다. 그이들이 급한 김에 벼 모가지를 뽑아 일찍 추수를 하겠다는 어리석은 농부의 성미를 억누르고 일에는 차례가 있다는 옛말을 귀담아듣고 가슴에 새겨 가장 진보적인 정당에 몸담고 있지는 않으나 그 나름으로 우리 사회의 민주화를 위한 싸움에 앞장섰던 사람을 먼저 뽑는 데 힘을 모았더라면 나라 살림이 펴는 데 그만큼 도움을 주었으리라고 생각한다.

  어쨌거나 나부터라도 부지런히 일해서 묵은 밭 잘 가꾸어 몸에 해
롭지 않은 음식을 내 밥상에도 올리고 이웃집 밥상에도 오르게 하는
일이 나라 살리는 일에 조금이나마 도움을 주는 길이겠지.

물꼬 트기와 풀베기

밭작물은 알맞게 가물어야 잘된다고 한다. 연초에 올해는 가뭄이 심할 거라고 하더니 웬걸, 가뭄은커녕 늦장마에 여기저기 홍수가 나고 2주일이 넘게 햇볕 한 번 볼 수 없는 날이 이어졌다. 이렇게 비가 많은 해는 농작물도 웃자라지만 풀이 자라는 속도도 무섭다. 여느 해와 달리 수시로 내리는 반갑잖은 비에 부쩍부쩍 자라 잎만 무성한 올콩(검정콩: 서리태라고도 한다. 서리가 내리고 나서야 제대로 익는다고 해서 붙은 이름이다.)과 메주콩은 미리 순을 질러주어 그래도 안심이 된다. '순을 질러준다'는 말은 콩 꽃이 필 무렵에 한창 뻗어 오르는 가운데 순을 손톱으로 잘라 내거나 낫으로 쳐내어 웃자라지 않게 해서 열매가 많이 맺게 하는 작업인데, 내가 사는 남녘 지방에서는 일손이 바빠서인지 잘 하지 않는 일이다.

제때에 풀을 잡아주지 못해서 애꿎은 고추밭을 두어 해 바랭이에게 잡아먹히고 나서는 장마 전에 풀 뽑는 일에 온 힘을 다 기울였다. 한여름에 늦잠을 자면 그해 농사는 망치기 십상이다. 희붐하게 동틀 때 일어나서 아침 먹기 전까지 서너 시간 움직이는 게 땡볕에서 하루 종일 온몸에 두드러기가 돋도록 일하는 것보다 몇 곱절 더 효율이 높다.

다만 시원한 아침저녁 시간에는 모기가 극성을 부리는 시간이니 긴 바지, 긴 윗옷에 양말까지 신고 밭일을 하다 보면 어느새 땀으로 멱을 감아 하루에도 몇 차례 옷을 갈아입어야 할 때도 있다.

비탈이 급해서 묵혀놓은 언덕배기와 쑥에 절어 다른 밭작물을 심기 어려운 뙈기밭에 호박 구덩이를 파고 부엽토에 똥을 섞어 밑거름을 한 뒤에 씨를 놓았던 곳에 호박이 자라는데 풀이 어찌나 빨리 자라는 지 세 번이나 풀을 베어주어야 했다. 그래도 장마에 풀이 마구잡이로 자라 애호박을 찾으려면 허벅지까지 바지를 이슬에 적셔야 한다.

이번 늦장마로 남녘 지방 곳곳에 농작물이 물에 잠겨 피해가 컸는 데 우리 동네도 예외는 아니었다. 참깨와 기장이 웃자라 쓰러진 것이 야 그렇다 치더라도 잦은 비는 고추 농사에 치명적이어서 이제 갓 익 은 빨간 고추들이 손 쓸 틈 없이 물크러져 떨어져 내려 밭고랑을 벌겋 게 수놓은 모습을 보고 있노라면 가슴이 쓰리다. 비 맞으면서 딴 고추 를 건조기에 넣어 바득바득 말려 하우스 안에 널어놓아도 햇볕이 들 지 않고 습기가 가득하니 그냥 물크러져 버리고 만다.

우리는 그나마 건조기에 말릴 수도 없어(기계도 없거니와 한 번도 그 렇게 말릴 생각을 해보지 않았다.) 방에 군불을 때서 말리는데, 방바닥의 옷이 벌겋게 고춧물 드는 거야 괘념할 틈이 없다. 고추벌레가 목덜미 로 장딴지로 스멀스멀 기어 다니고, 때 아닌 한증막에서 자반 뒤집듯 이 밤새 몸을 뒤집는 것도 참을 수 있다. 그러나 그렇게 애를 써도 비 가 열흘 넘게 하루도 빼지 않고 오면 열에 일고여덟은 고추 말리기가 실패로 돌아가고 만다.

장대비가 내리는 날 둑을 가득 채우면서 흥흥하게 흘러가는 물에

빨갛게 물든 고추가 피 묻은 살점처럼 떠내려가는 것은 차마 보지 못할 광경이다. 이 꼴 저 꼴 다 보면서 장대비에 속곳까지 적셔가면서 일흔 넘은 노인네들까지 밭에 들어가 따서 마른 수건으로 하나하나 물기를 닦아내고 건조기에 넣어 말리고 한여름에 구들방을 데워 말려 겨우 건져낸 맏물 고추를 한 근에 3,000원밖에 못 받고 그나마 많이 날 때는 2,000원 밑으로 떨어질 거라고 하니, 빗물을 듬뿍 머금은 하늘의 먹장구름이나 한숨을 가득 머금은 농민들 가슴의 먹장구름이나 그게 그거다.

잠깐 비가 그친 틈을 타서 길섶에 풀을 베었다. 여느 때 같으면 진즉 마을 어른들이 제초제를 뿌렸을 터이다. 그러나 워낙 오래 장마가 계속되고 제초제는 비 오는 날 뿌리면 아무 소용이 없는지라 그대로 둘 수밖에 없어 풀이 허리까지 자랐다. 우리 식구들도 자주 다니는 길이고, 또 이런 날에는 풀 베는 일밖에 달리 할 일이 없어 쭈그리고 앉아 풀을 베면서 어린 시절의 추억에 잠긴다.

비가 많이 내리는 날 마을 어른들은 너나없이 도롱이를 걸치고 어깨에 삽이나 괭이를 매고 부지런히 논과 밭을 둘러보면서 물길을 내곤 했다. 물에 잠긴 콩밭이며 깨밭, 고추밭이 며칠 안 가서 짓뭉개지는 것을 보고야 왜 그 어르신들이 물길 내주는 일을 그렇게 서둘 수밖에 없었는지 이해할 수 있었다. 물꼬를 트는 일은 아래로 흐르려는 물의 본성을 존중하는 일이다. 흐르고자 하는 물의 본성을 억눌러 한 곳에 가두면 그 물은 썩어서 독이 된다. 작게는 농작물의 뿌리를 썩게 하고 크게는 둑을 무너뜨린다.

비 내린 뒤에 곧장 밭에 들어가지 않고 논둑이나 밭둑에서 풀을 깎는 것도 그저 소일 삼거나 소여물이나 퇴비 마련에만 뜻이 있는 게 아니다. 제초제, 농약 안 쓰고 농사지으려면 끊임없이 풀과 싸워야 한다. 도시에서 살다 귀농한 철부지들이 어디에서 '자연농법'이라는 소리는 들어가지고 농작물이 그냥 씨만 뿌려놓으면 풀과 사이좋게 자라 땀 흘리지 않고도 거둘 수 있는 줄 알았다가 큰코다치는 꼴을 한두 번 본 게 아니다. 풀과 싸우는 길은 끊임없이 뽑아주거나 베어주는 수밖에 없다. 이랑과 고랑에 난 풀은 뽑아주고, 둑에 난 풀은 베어주어야 한다. 풀씨가 맺히고 영글어 바람 타고 흩어지면 이듬해 그만큼 많은 풀이 논과 밭을 채운다. 둑에 난 풀을 뽑으면 둑이 무너져 내린다. 따라서 뽑아줄 수 없다.(제초제를 뿌려 풀을 말려 죽여도 둑이 무너질 염려가 많다.) 그러니까 틈나는 대로 부지런히 베어주어 풀씨가 맺히지 않게 해주어야 한다.

　사람살이에도 우리 마음밭에도 어찌 잡초가 없겠는가? 뽑아도 뽑아도 베어도 베어도 또 자라는 게 잡초이다. 짐짓 '잡초는 없다'고 외면해서 잡초가 없어지는 건 아닐 터이다. 그러나 여름살이에서와는 달리 사람살이에서나 마음밭에서나 잡초는 종자가 따로 있는 게 아니라 여러 까닭으로 굽고 뒤틀린 생명력이다. 이 생명력에 물꼬를 제대로 터줄 때 세상도 마음밭도 환히 되살아날 터이다.

팽나무 할매, 고맙구먼이라

하루 종일 괭이로 밭을 일구고, 씨앗을 뿌리고, 모종을 심고, 부엽토와 퇴비를 나르는 것이 요즈음 내 일과이다. 내가 일구는 밭은 산속 계곡에 있다. 뽕나무를 심어 누에를 치다가 오래전부터 버려둔 땅이다. 저수지 옆 솔숲을 따라 길이 하나 있는데 이 길은 오솔길이어서 경운기가 들어올 수 없다. 지난겨울에 뽕나무 뿌리를 캐 나르느라고 꽤 고생을 했다. 이 근처에는 인가가 없다. 외부와는 절연된 곳이다. 새소리를 벗 삼아 일하다가 힘들면 앉아 쉬면서 계곡 물가에 서 있는 팽나무를 본다. 이 팽나무의 나이가 얼마인지 아는 사람은 이 마을에 아무도 없다. 칠팔십 된 마을 어른들께 물어보아도 그 어른들 할아버지, 할머니 적부터 그 나무 그늘에서 놀았다는 이야기를 들었노라는 막연한 대답뿐이다. 몇백 년은 좋이 되었을 이 나무는 놀랍게도 건강하고 싱싱하다. 나뭇가지들이 썩어 들어간 흔적이 군데군데 눈에 띄는데, 어느 정도 썩으면 그 썩은 곳을 스스로 떼어내고 나무껍질로 그곳을 단단히 봉해 나무 속으로 빗물이나 곰팡이가 스며드는 것을 막는다.

나는 이 팽나무 할머니에게서 많은 것을 배운다. 자연에는 낡은 것이 없다는 것을 가르쳐준 분도 이 팽나무 할머니다. '기르는 문화'와 '만드는 문화'가 다름을 일깨워준 분도 이 분이다. 나는 새로운 일깨움을 얻을 때마다 이 할머니에게 마음속으로 고맙다고 고개를 숙인다.

나는 사람들 가운데서 아직 이 팽나무 할머니만큼 슬기로운 분을 만나지 못했다. 지금부터 하려는 이야기는 이분에게서 들은 것이다.

학자들의 말에 따르면 인류는 수백만 년의 진화 과정을 거쳐 오늘에 이르렀다. 그 진화의 결과로 현생인류가 나타난 때는 얼추 3만 년 전쯤이라고 한다. 이렇게 진화해온 것이 잘된 일인지 아닌지 아직 잘 모르겠다. 현생인류로 진화하면서 사람은 태어나자마자 제 힘으로 살길을 찾는 대부분의 다른 생명체들과는 달리 꽤 오랫동안 부모의 보살핌 속에서 길러지고 살아남기 위한 교육을 따로 받아야 할 처지에 놓였기 때문이다. 다른 생명체들 경우에 학습을 통해서 살길을 찾는 것은 거의 없다. 대부분 본능에 기대서 살길을 찾는다. 본능은 유전자에 새겨진 삶의 정보이다. 떡갈나무는 도토리에게 이렇게 자라라고 따로 가르치지 않는다. 새끼에게 집은 이렇게 짓는 거야 하고 가르치는 벌이나 거미도 없다. 병아리도 어미 닭한테 먹을 것과 못 먹을 것을 가리는 방법을 배우지 않는다. 그래도 잘들 산다. 그런데 사람은 자라면서 이 모든 것을 따로 배워야 살 수 있다. 그래서 하는 말이다. 인류가 유전 정보만으로 살 수 있는 길에서 벗어나 외부 정보를 배움을 통해 따로 저장하려고 머리통을 키우는 방향으로 진화해온 것이 과연 슬기로운 선택이었는지 잘 모르겠다고.

지금 우리는 이른바 '정보 시대'에 살고 있다. 이런 시대에 제대로 살아남으려면 현생인류는 다시 진화해야 할지 모른다. 손발이나 가슴은 없고 머리통만 지금보다 열 배쯤 더 큰 생명체로. 그러지 않으면 나날이 범람하는 정보의 홍수 속에 언제 익사할지 모른다. 팽나무 할머니는 나에게 이렇게 말한다.

"애야, 그동안 머리만 키워온 불쌍한 애야. 나는 지난 몇백 년 동안 너희가 무슨 짓을 하는지 줄곧 지켜보고 있었다. 200년 전까지만 해도 크게 걱정스럽지는 않았단다. 그때까지만 해도 너희 인류는 '만드는 문화'보다는 '기르는 문화'에 더 큰 힘을 쏟았거든. '기르는 문화'와 '만드는 문화'가 어떻게 다른지 내가 이야기해주련? '기르는 문화'에서 가장 좋은 선생님은 사람이 아니란다. 자연이란다. 자연은 온갖 것을 다 길러. 너 곤충이 몇 종이나 되는지 아니? 지금까지 밝혀진 것만 해도 150만 종이 넘는다는구나. 그리고 해마다 새로운 종이 1만 종 넘게 발견된다는구나. 왜 번거롭게 그 많은 생명체를 기르느냐고? 전체에 이로운 종만 길러내면 더 좋지 않겠느냐고? 그럴싸한 이야기로구나. 그러나 사람이 사람으로, 풍뎅이가 풍뎅이로 살 수 있는 건 전체의 생명체를 서로 이어주는 그물망 속에서란다. 수십억 인구 가운데 생김이나 느낌이나 마음씀씀이가 판에 박은 듯 똑같은 사람이 하나도 없는 건 그렇게 해야 서로 주고받는 것이 있기 때문이야. 똑같다면 줄 것도 받을 것도 없어서 상호 교류는 일어나지 않아.

내가 보건대 지난 200년 사이에 너희는 도시라는 저 좁은 공간에 떼를 지어 살면서 자연이라는 큰 스승의 말을 귀담아들을 생각도 없이 너희끼리 무얼 자꾸 만들어내고 그걸 창조라고 하기도 하고 발명이라고도 하고 신제품 개발이라고도 하는데 그 결과가 뭐지? 너희가 공장에서 만들어내는 것 가운데 오랫동안 생명력을 지니고 지속하는 건 하나도 없지 않아? 오늘 새로운 것을 만들어내는 순간 어제 만든 새것은 이미 낡은 것이 되어버리지. 유행에 뒤지고, 효율성이 떨어지고, 기술이나 기능 측면에서 새것과 경쟁이 안 된다고 해서 어제까지 새것이었던 것을 아낌없이 버리지. 그래서 '만드는 문화'는 내다버린 낡은 것들의 산더미에 뿌리를 내릴 수밖에 없기 때문에 그 속을 들여다보면 '쓰레기 문화'에 지나지 않는단다. 그리고 그렇게 자꾸자꾸 새것을 찾고 만들고 또 만드는데도 그 문화의 생산성은 평균 쳐서 5퍼센트도 안 되지.

그런데 자연이 큰 선생님이 되고 사람이 작은 선생이 되어 이루는 '기르는 문화'에서는 오래되었다 하여 낡은 것이 하나도 없단다. 따라서 버릴 것도 없지. '만드는 문화'에서는 사람도 늙으면 폐품 대접을 받지만 '기르는 문화'에서는 잘 익은 과일 대접을 받지. 생산성으로 따지더라도 '기르는 문화'가 훨씬 앞선단다. 낟알 하나가 땅에 떨어져 자라면 어떤 것은 수십 배, 어떤 것은 수백에서 수천 배의 열매를 맺으니, 이 놀라운 선생님을 '만드는 문화'가 어찌 따를 수 있겠느냐? 그리고 그렇게 많이 생산해도 그 가운데 버릴 것이 하나도 없으니 놀라운 일이 아니냐?

너희 인간들은 너무 오만해서 자연의 큰 힘에 기대지 않더라도 너희끼리 문명사회를 이룰 수 있다고 과신하는 모양인데, 햇볕과 바람과 흙과 물, 그리고 온갖 미생물과 식물과 곤충들이 한데 힘을 합해 이루는 살아 움직이는 생명 공동체에서 격리되는 순간 너희가 피땀 흘려 쌓아올린 그 현대 문명이라는 것이 바닷물에 휩쓸리는 모래성이 되어버린다는 사실을 왜 모른단 말이냐. 이 미욱한 것들아."

자연 농업은 '기르는 문화'의 꽃이다. '만드는 문화'가 공장에서 생산해낸 제초제나 농약이나 화학비료로 일시적으로는 더 높은 생산성을 약속하는 듯이 보일지 모르나 결국에는 땅 위와 땅속에 사는 생명 공동체의 일원인 미생물과 식물과 동물들을 집단 학살하고, 그 모든 생명체를 품에 안아 키우는 땅을 죽이고, 그 어머니의 젖줄인 물마저 죽임으로써 그것을 만들어낸 사람들까지 스스로 목에 올가미를 거는 파국에 이르게 되니, 지금 당장 인류 사회가 '만드는 문화'에서 '기르는 문화'로 문명사적인 대전환을 이루지 않으면 인류에게 미래는 없다.

수백 년 묵은 내 눈앞의 팽나무 할머니가 저렇듯이 날마다 해마다 새로워지고 싱그럽고 아름다운 것은 '기르는 문화'의 숨은 주체인 자연에 몸을 맡기고 스스로 자연의 일부가 되어 있기 때문이다.

'만드는 문화'를 최소로 줄이지 않는다면, 그리고 삶에 필요한 일상용품에서 제도나 교육이나 삶의 방식에 이르기까지 하루바삐 '기르는 문화'의 산물로 전환하지 않는다면, 도시 내부에서 아무리 '지구를 살리자', '환경을 보존하자', '공해 물질을 추방하자'고 외친들 인류 문화의 파국적 종말을 막을 길이 없다. '만드는 문화' 그 자체가 쓰레기 문화요, 공해를 제도적으로 부추기는 문화인데, 그 뿌리를 그냥 두고 잎만 몇 개 손댄다 해서 어찌 문제가 근원에서 해결될 수 있겠는가.

이제까지 살아오는 동안 나는 저 팽나무 할머니만큼 말없는 교훈을 주는 큰 스승을 아직 만난 적이 없다.

팽나무 할매, 고맙구먼이라.

사람이 하는 일과 하늘이 시키는 일

도시에 살다 보면 가끔 사람의 힘이 대단하다는 생각을 하게 된다. 사람이 해서 안 되는 일이 없다는 착각에 빠지는 경우도 있다. 모든 게 사람 중심이다. 그러나 시골에서 살다 보면 그런 생각은 엷어진다. 하루하루 살림살이도 하늘이 시키는 일 따라 꾸려진다. 지난해 우리가 고추 농사를 망친 것도, 올 들어 이른 봄철부터 마늘밭 매기에 허리가 휜 것도 다 하늘이 시킨 일이었다.

지난해 봄철부터 다른 해에 견주어 유난히 비가 많았다는 걸 기억하는 도시 분들이 몇이나 될까? 그러나 이 가뭄에도 아직 수량이 크게 줄지 않고 있는 저수지는 그 기억을 간직하고 있다. 김매기에 정신없이 매달렸는데도 걷잡을 수 없이 돋아나는 바랭이에 치어 고추 농사를 망친 우리 식구들도 기억하고 있고, 모내기철에도 저수지에 물이 빠지지 않아 밑바닥에 가라앉은 부엽토를 덮어주지 못해서 봄부터 풀에 치이다가 이제는 가뭄에 목말라하는 마늘밭도 지난해 비의 기억을 간직하고 있다. 시골에서 한 해 한 해 살면서 느끼는 것은 사람이 하는 일은 지극히 작고 하늘이 시키는 일은 생각보다 훨씬 더 크다는 것이다.

여느 해 같으면 시골에서 음력 삼월은 크게 바쁘지 않은 철이다. 그러나 올해처럼 봄 가뭄이 심한 해는 사정이 달라진다. 가뭄에 패지도 못한 보리가 키는 한 뼘도 안 되면서 벌써 끝동이 올라온다. 흉년이 들 징조다. 어디 그뿐인가? 우리는 옛날 농가에서 하듯이 해마다 밭에 100여 가지에 가까운 농작물 씨앗을 뿌리는데 이 씨앗들이 싹틀 기미가 보이지 않는다. 온 들판이 다 목말라하는데 물이 없다. 냇물은 마르고 우물물도 밭에 물 주기에는 터무니없이 부족하다.

앞으로는 과학 기술이 발달해서 서해 바닷물을 담수로 만들어 살수기로 물을 대면 되지 않겠느냐고? 리비아처럼 대수로를 건설하는 것도 방편이 아니겠느냐고? 담수호를 더 만들자고? 바로 그런 생각밖에 못하는 분들이 화석 연료를 아낌없이 태워서 대기를 오염시켜 이렇게 기상 이변이 잦은 건 생각하지 않나?

얼마 전에 온 축산 농가를 전전긍긍하게 했던 구제역이나 여기저기 강원도 푸른 숲을 삼키며 걷잡을 수 없이 번져간 불길이나, 두 달 넘게 계속된 봄 가뭄에서 배우는 게 없다면 앞으로 우리는 더 큰 시련에 직면하게 될 것이다. 옛 성현들의 말씀대로 하늘은 말이 없다. 그러나 손바닥으로 하늘을 가리려는 얕은 꾀를 쓰는 사람이나 나라에는 벌을 내린다. 가끔 새만금 개펄을 본다. 장승들만 밤낮없이 지키고 있는 죽어가는 개펄을. 지금은 바닷물이 하루에 두 번씩 적셔주어 목마름을 잊고 사는 갯것들이 앞으로는 어찌 될까 걱정이 앞선다. 저 개펄 없어지면 갯살림(우리는 기초 살림을 산살림, 들살림, 갯살림으로 나눈다.)이 끝나고, 갯살림이 끝나면 나라 살림도 멍이 들 것이다.

2

눈보라 치는 개펄에 향나무를 묻으면서

바람을 부리는 민들레 씨앗처럼

풀씨나 나무 씨앗을 보면 날개 달린 것이 많다. 그 가운데 우리 눈에 가장 흔히 띄는 것은 민들레 씨앗이다. 봄철에 들길을 걷다가 솜털 같은 날개들이 서로 동그랗게 어깨를 겯고 있어, 그 조그마한 장난감 북채처럼 앙증맞은 민들레 씨 방망이를 꺾어 입에 대고 '후' 하고 불어본 경험이 있는 사람이 나뿐만은 아닐 것이다. 구태여 입김으로 불지 않아도 민들레가 많이 핀 들판에 꽃샘바람이라도 불라치면 이리저리 흩날리며 둥둥 떠도는 민들레 꽃씨가 넋을 뺀다.

어찌 민들레 꽃씨뿐일까. 민들레는 봄에 피는 꽃이고, 봄바람은 스미듯 건듯 불어오는 실바람이어서, 그 바람에 태워 씨앗을 멀리멀리 날려 보내려면 가벼운 몸에 바람 잘 탈 옷가지가 필요하지만, 여름의 억센 비바람이나 제법 큰 나뭇가지도 흔들어대는 가을바람, 그리고 겨울의 맵찬 마파람에다 씨앗을 실어 보내는 풀씨나 나무 씨앗은 몸매도 그럴싸하게 묵직하고 옷차림으로 꾸민 날개도 튼실하다.

동물들 중에도 바람 타는 것이 많다. 날짐승들은 물론이거니와, 또 날개 달린 온갖 풀벌레들은 제쳐놓더라도, 멀리 떠나려고 맨몸을 허공에 날리는 동물도 꽤 많을 성싶다. 아기 거미들도 그런 동물이다.

바람이 불면 눈에 보일락 말락 한 아기 거미들이 광섬유처럼 가는 줄을 꽁무니에 달고 멀리뛰기를 한다. 아니, 그네뛰기라고 할까.

느닷없이 웬 바람 이야기냐고 물으실 분이 있을지 모르겠다. 그러나 우리에게 흙이나 물이나 불이 없어서는 안 되는 것처럼 바람도 없어서는 안 되는 것으로 여겨진다. 참, 또 빗나갔다. 사실 묻고 싶었던 것은 바람이 민들레 씨앗을 멀리 날라다주느냐, 민들레 씨앗이 바람을 타고 멀리 떠나느냐 하는 것이었다. 결과적으로 보면 엎치나 덮치나 마찬가지겠지만 말이다. 그렇지만 주체가 누구냐에 따라서 민들레 씨앗과 바람의 관계는 전혀 달리 해석될 수 있다.

바람이 민들레 씨앗의 뜻과는 상관없이 그것을 이리저리 흩날려 보내는 것이라면 민들레 씨앗이 어디에 내려앉아 싹을 틔우고 뿌리를 내리느냐는 우연에 지나지 않게 된다. 어쩌다 운 좋으면 푹신한 흙더미 위에 앉게 되고, 운 나쁘면 아스팔트 위에 자리 잡게 되는 것 아니겠는가. 그러나 민들레 씨앗이 적극적으로 바람을 이용하려 들었다면 문제는 달라진다. 낱낱의 꽃씨들이 어디에 떨어지느냐는 우연일지 모르지만, 실바람이 민들레 꽃씨를 날라서 갈 곳은 어느 정도 테두리 지어진다. 꽃씨와 깃털이 더 무겁게도 가볍게도 될 수 있었지만, 꼭 그 무게 그 크기로 그 모양을 지니게 된 것은 민들레 씨앗의 뜻이다.

세상에는 여러 가지 운동이 있다. 바람이 부는 것도 운동이고, 바람 속에 들어 있는 꽃가루를 맞아 열매를 맺는 식물의 수정도 운동이고, 하늘 높이 떠 있는 솔개의 날갯짓도 운동이고, 임금 인상과 노동 시간 단축을 요구하면서 파업하는 노동자들의 싸움도 운동이다. 그러나 이러한 물질의 운동이 서로 아무 관련 없이 뒤죽박죽 뒤섞여 있고 얽혀 있는 것이 아니라, 이 운동들 사이에는 일정한 질서가 있다.

물질의 운동에는 당구대 위에서 움직이는 당구공 같은 역학적인 운동이 있고, 바람의 움직임 같은 물리학적인 운동이 있고, 화학적인 운동이 있고, 생물학적인 운동이 있고, 사람에게서 볼 수 있는 의식의 운동이 있다. 역학적인 운동보다는 물리학적인 운동이, 물리학적인 운동보다는 화학적인 운동이, 화학적인 운동보다는 생물학적인 운동이, 생물학적인 운동보다는 인간 의식의 운동이 더 고도화된 물질의 운동이다. 사람의 의식이 움직이지 않으면 생물학적인 운동이 어떤 것인지 밝혀지지 않는다. 생물학적인 운동을 이해해야만 화학적인 운동도 할 수 있다.

그런데 사람을 사람으로 만든 것은 일, 곧 노동이다. 두 앞발을 써서 일하려면 두 뒷발로 몸의 균형을 유지해야 하고, 그러다 보니 척추 뼈가 꼿꼿해지고, 척추 뼈가 곧게 되니까 머리에 무거운 것을 얹어놓아도 끄떡없고, 두 손을 놀려 열심히 일하다 보니까 엄지손가락과 다른 손가락이 맡는 일이 달라지고, 손의 운동신경이 발달하면서 머리의 감각신경도 발달하고, 그렇게 해서 대뇌의 골이 더 깊어지고, 그 결과로 기억 용량이 늘고, 그에 따라 생각을 깊게 널리 할 수 있게 되고……. 우리의 얼굴, 우리의 몸, 우리의 생각, 그 어느 것 하나 사람이 일을 통해서 빚어낸 것이 아닌 것이 없다.

역학적, 물리학적, 화학적, 생물학적 물질운동과 인간의 의식이라는 물질운동 사이에는 근본적인 차이가 있다. 곧 생물학적 물질의 운동까지에는 운동의 주체와 객체가 따로 없다. 그러나 사람에 이르면 문제가 달라진다. 사람은 능동적으로 이 모든 물질의 운동과 형태를

알고 바꿀 수 있다. 이 능동성이 거저 인간에게 처음부터 갖추어진 것
은 아니다. 그것은 일, 곧 노동을 통해서 역사적으로 커온 것이다. 그
래서 사람의 본디 뜻은 일하는 사람, 노동하는 인간, 곧 노동 주체이
다. 일하지 않고 남을 등치는 사람은 겉모습만 사람이지 짐승에 지나
지 않는다. 하잘것없어 보이는 민들레 씨앗도 저렇게 바람을 부리는
데, 우리가 일해서 만든 세상, 우리 마음대로 바꾸지 못할 까닭이 어
디 있겠는가.

꽃피고 새 우는 사연

요즈음 들어 들판마다 제초제가 든 분무기 통을 등에 지고 '풀약'을 뿌리는 농민들을 자주 보게 된다. 어찌 우리 마을에서만 볼 수 있는 풍경이랴. 지금 이 시간 남녘 땅 어디든지 풀이 움돋는 밭과 길섶은 제초제로 도배가 되고 있다 해도 빈 말이 아니다.

그렇다고 해서 사시장철 농약과 제초제로 두더지나 지렁이는커녕 토양 미생물마저 살지 못하게 땅을 죽이고 있는 농민들을 나무랄 수도 없고, 또 그럴 권리는 아무에게도 없다. 김을 매고 길섶이나 논두렁, 밭두렁의 풀을 베어 잡초들이 열매를 맺을 수 없게 해야 논밭이 잡초밭이 안 되는데, 그동안 산업화와 근대화라는 이름으로, 또 신기술과 개발이라는 이름으로 국가 정책 담당자들이나 공장들이 농민들의 품에서 자식들을 하나하나 다 앗아갔기 때문에 그 일을 할 일손이 없는 것이다.

유기농이니 자연농이니 하여 땅을 살린답시고 제초제와 농약을 쓰지 않는 우리는 마을의 공적으로 여겨진다. 마을 어른들이 우리의 농사법을 드러내놓고 싫어하는 까닭은 분명하다. 풀씨가 우리 논밭에만 머무는 것이 아니라 바람을 타고, 흐르는 물에 떠서, 또 짐승의 꽁무니에 매달리거나 새들의 배를 통해 자기들 논과 밭에까지 퍼지는 꼴을 보고도 제초제를 쓰지 않는 우리에게 원망의 눈길을 보내지 않기를 어찌 바랄 수 있겠는가. 농약을 안 쓰는 것도 괘씸하게 여긴다. 농약을 안 쓰면 밭에 진디나 그 밖에 농작물에 해로운 벌레들이 우글거리는데, 발이 있고 날개가 달린 동물들인지라 애써 농약으로 감싸 보호해놓은 이웃 논과 밭에까지 쳐들어가는 것이다.

이제 노인들뿐인 이웃 농민들에게 욕을 안 먹는 길은 그저 꼭두새벽부터 밤늦게까지 김매고, 풀 베고, 진딧물이 나타날 무렵이면 마음속으로 무당벌레가 와서 없애주기를 비는 수밖에 없다. 그리고 어서어서 도시로 떠난 일손들이 다시 농촌에 돌아와 우리 논과 밭뿐만 아니라 동네 산과 들의 풀들을 부지런히 뽑고 베어서 농작물과 다른 풀들이 균형을 이루면서 자랄 환경을 함께 마련하기를 바라는 수밖에 없다.

참 우울한 이야기인데, 우리 마을에서 멀지 않은 곳에 골프장이 들어선다 하여 유기농으로 농사를 짓고 있는 농민회 소속 젊은이(젊다고 해야 모두 마흔이 넘었거나 가까운 사람들이다.)들이 들고일어나서 서명을 받는다, 청원서를 보낸다 하여 소중한 농사철을 놓치는 모습을 본다. 골프장이 들어서면 그 인근의 논밭에서는 유기농으로 농사를 지을 수 없다는 건 따로 이야기할 필요가 없으리라. 그런데도 농민들 가운데에는 젊은이들이 땅을 살리려고 그렇게 애쓰는 모습에 동정의 눈길을 보내거나 흔쾌히 동참하기는커녕 못마땅한 눈길을 보내는 사람이 적지 않다. 골프장이 들어서면 땅값이 오르고, 어차피 농사일을 대물릴 생각이 없으니, 땅값이 오르면 그 땅을 팔아 도시 사는 자녀들에게 한 푼이라도 더 보태줄 수 있으니까 땅이야 죽든 말든 공해 산업이 되건 골프장이 되건 근처에 들어서기를 바라는 분들이 많은 탓이다.

인간도 다른 생명체와 마찬가지로 그물처럼 얽혀 있는 생명체들의 연쇄 속에서만 살아남을 수 있다. 겉으로 보기에는 그저 무기물 덩어리처럼 보일지 모르지만 땅은 그러한 생명체들의 삶의 뼈대를 이루는 기초 그물이라고 할 수 있다. 땅에 사는 온갖 미생물과 그 미생물들에 의존해서 사는 다른 생명체들이 없으면 풀도 없고 나무도 없다. 풀과 나무가 없으면 노루도 까치도 없다. 이렇게 해서 자연이 사막화하면 인간 사회도 사막화한다. 세계 어디에서나 땅을 '어머니'로 보는 전통이 맥맥이 흘러내리는 까닭은 바로 살아 있는 흙이야말로 생명의 젖줄이기 때문이다. 이 젖줄이 메마르고 있는데도, 그래서 미래의 생명체들이 코앞에 죽음을 앞두고 있는데도 아직 그 참상을 보지 못하는 인간의 어리석음에 가끔 절망할 때가 있다.

이 어리석음에서 깨어나라고 꽃은 저리 흐드러지게 피고 있건만, 산새는 저다지도 고운 목소리로 울고 있건만, 우리는 이미 눈도 귀도 어두워져 그 모습 보지 못하고 그 소리 듣지 못한다.

삶에 이르는 길

오랜만에 고향에 갔다. 우리가 살던 집은 새마을운동 바람에 슬레이트 지붕으로 바뀌었지만 초라하고 낡은 모습으로 산 밑에 웅크리고 있었고, 어릴 때 다니던 초등학교도 그 자리에 있었다. 달빛만 받아도 짙은 그늘을 드리우던 플라타너스 나무도 둥치가 많이 굵어져 있을 뿐, 옛날 그대로였다.

그러나 바뀐 것도 많았다. 석유 호롱불을 밝히고 엎드려서 책을 읽노라면 그을음으로 콧구멍이 새까매지던 게 엊그제 일인 듯싶은데, 전기가 들어오고 집집마다 텔레비전이 갖추어져 있었다. 비 오면 장화를 신어야 발이 빠지지 않던 황톳길은 시멘트로 포장되어 있었고, 가끔 화물 트럭이 와서 우리의 눈길을 끌던 역 앞 빈터에는 택시들이 손님을 기다리고 있었다. 울창한 대나무 숲에 감싸여 있던 점룡이네 집은 흔적도 없이 사라지고, 그 자리에는 농협 창고가 덩그렇게 들어서 있었다.

점룡이네 식구는 농협 빚에다 '왜정시대' 에 순사를 지낸 지상호 씨가 놓은 사채에 눌려 허덕이다가 몇 해 전에 야반도주를 한 뒤로 소식이 없다고 했다. 재작년 겨울에 얼굴이 유난히 예쁘던 점룡이 여동생을 빼다 박은 어떤 다방 '레지'를 서울역 근처 다방에서 보고 온 동네 사람의 귀띔에 따라 고리대금을 하다 돈을 떼인 지씨 집안에서 행여나 하고 서울에 사는 조카를 시켜 그 다방에 찾아갔더니, 며칠 전에 그만두었다는 이야기를 끝으로 그 집이 어디에서 어떻게 살고 있는지 아는 사람은 아무도 없었다.

어릴 때 추억을 더듬으며 여름이면 늘 멱을 감고 놀던 냇가에 나가 보았다. 밑에 깔린 자갈이 환히 보이는 한 길 남짓한 맑은 물속에 가재며 송사리며 모래무지 같은 물고기들이 헤엄쳐 놀던 냇물은 시커멓게 썩어 악취를 풍기고 있었다. 상류에 들어선 가죽 공장에서 흘러내리는 폐수 때문이라고 했다. 우울한 마음으로 발길을 돌리는데 이런 저런 생각이 두서없이 머릿속을 휘젓고 다녔다.

어찌하다가 이 아름다운 강산이 이렇듯이 썩어 들어가고 있는 것일까?

유럽의 여러 나라를 다니면서 새삼스럽게 느낀 바인데, 내가 돌아다닌 열여섯 나라 가운데 어느 나라도 우리나라처럼 아름다운 곳이 없었다. 우리나라의 인구가 많은 것조차 살기 좋은 땅이어서 그렇다는 생각이 들 지경이었다. 이렇게 아름다운 땅인데 남북이 가로막혀 가고 싶은 곳에 갈 수 없고, 보고 싶은 것을 볼 수 없다는 것이 안타까웠다. 게다가 이 아름다운 강산이 해마다 더 심하게 오염되고 있다는 사실에 생각이 미치면 견딜 수가 없었다.

나날이 우리의 삶을 위협하는 공해의 심각함에 많은 사람이 눈뜨지 못하고 있는 것이 우리의 실정이다. 온산, 울산, 마산, 여천, 광양, 영광, 하동, 군산, 목포, 인천 어디를 둘러보나 바다가 썩어가지 않는 곳이 없다. 공장 폐수 때문에 생긴 적조현상으로 김이나 바지락이 다 녹아버리고, 등이 휜 고기가 그물에 가득히 걸린다. 바다뿐만이 아니다. 얼마 전까지도 그렇게나 맑던 시냇물이 온통 다 썩어 들어가 시골 사람들은 마음 놓고 먹을 감을 곳조차 잃어버렸다.

노르웨이의 그 아름답던 수많은 호수가 산성비로 말미암아 어떤 물고기도 살지 못하는 죽음의 호수로 바뀌었다는 이야기를 듣고도, 독일의 그 울창하던 산림이 벌겋게 타들어가 숲이 황무지로 변한 모습을 보여주는 사진을 보고도 그저 남의 일이려니 여기는 사람들이 많다. 그러나 이것이 어찌 남의 일인가? 수돗물이 농약이나 중금속으로 오염되어 먹을 수 없게 되어도, 우리가 숨 쉬는 공기 속에 암을 일으키는 공해 물질이 가득 차 있어도 남의 일이라고 할 수 있을까?

근대화도 경제개발도 살자고 하는 짓이다. 그러나 그 동기가 이윤에 있으면 이윤을 얻는 한 사람이 잘 살기 위해서 많은 사람이 못 살게 된다. 그 이유는 자명하다. 상품경제 사회에서는 어떤 생산자도 이윤이 생기지 않으면 상품을 생산하지 않는다. 생산자는 소비자와 마찬가지로 우리가 마시는 수돗물을 오염시키는 주범 가운데 하나가 연성세제라는 것을 잘 알고 있다. 그러나 이 사람은 연성세제를 팔아서 남는 이윤이 경성세제를 만들어 팔 때 생기는 이윤보다 더 클 동안은 절대로 자발적으로 연성세제 생산을 그만두지 않는다. 이것은 마치 서울 시민 거의 모두로부터 지탄을 받고 있으면서도 골프장 건설을 그만두지 않는 것과 같다.

어찌 그뿐이겠는가? 온산 비철금속 단지에서 생긴 일을 보면 이 점은 더욱더 명확해진다. 일본을 비롯한 선진 자본주의 제국은 국민의 여론 때문에 자기 나라에서는 세울 수 없는 공해 산업 공장을 온산과 울산에 무더기로 옮겨왔다. 그 결과 온산 지역의 농토와 과수원에서부터 시냇물과 강물, 그리고 인접한 바다에 이르기까지 어떤 생물도 제대로 살아남지 못하는 죽음의 땅으로 바뀌었다. 결국 공해 산업을 일으켜 이윤을 얻고자 한 몇 사람의 이윤 동기가 그 지역에 사는 주민들뿐만 아니라 무고한 온갖 생물을 죽이거나 기형으로 만들고, 우리 후세에게 물려주어 그들의 삶터가 되도록 해야 하는 광범한 지역을 불모의 땅으로 바꾸어놓고 만 것이다.

왜 이런 일이 생기는가? 조상으로부터 물려받은 맑고 깨끗한 물과 공기를 후손들에게 고스란히 물려줄 수 있는 테두리 안에서 공업화 정책이 수행될 길은 없는 것일까? 어떤 학자들의 연구에 따르면 3면에 걸쳐 있는 한반도 해역을 청정수역으로 만들어 개펄에서는 어패류를 길러내고, 바다에서는 공해에 오염되지 않은 싱싱한 물고기들을 건져 올리는 것이 해안을 온통 공장으로 메우는 것보다 장기적으로 훨씬 경제적이라고 한다. 그러나 경제개발 정책을 수행하는 고위 관리들 가운데 이런 이야기를 귀담아들으려고 하는 사람은 찾아보기 힘들다. 수십만의 어민들이 개펄에 나가 조개를 캐내거나 쪽배를 띄우고 그물을 던져 고기를 건져 올려 어려운 생계나마 유지하는 것은 거들떠보지 않고, 온 해역을 공해 물질로 뒤발하면서 우리의 삶에 그렇게 중요하지 않을 법한 낭비성 소비 제품을 만들어내는 공장에 특혜를 베푸는 것을 당연한 일로 여긴다.

해마다 천 명이 넘는 농부들이 직접 농약에 중독되어 죽고, 그 후유증으로 수만 명이 병들어 앓다가 쓰러지는데도 맹독성 농약의 수입은 해마다 늘고, 농민들의 편에 서야 할 농협은 이런 치명적인 독약을 조금이라도 더 농부들에게 떠넘기려고 혈안이 되어 있다. 한강을 비롯하여 섬진강 상류만 빼놓고 거의 모든 강과 하천이 중금속으로 오염되어 있고, 그 물을 마시는 국민이 전체 국민의 절반이 훨씬 더 넘는데도 방류 단속은 효율적으로 이루어지지 못하고, 납과 아황산가스가 인체에 치명적인 독이 된다는 사실이 오래전에 알려져 있는데도 자동차 배기가스에 대한 단속은 미온적이기 짝이 없다.

"잘 살아보세, 잘 살아보세." 하고 외치면서 허리를 졸라매고 구슬땀을 흘리며 일을 해온 지 스무 해가 넘는데, 그래서 지금쯤 모두 잘 살아도 될 법해 보이는데, 하늘에도 땅에도 물에도 온통 죽음의 그림자가 짙게 드리워진 까닭은 어디 있을까?

오죽 답답했으면 그런 알량한 생각까지 머릿속에서 맴돌았으랴 싶기도 하지만, '인기 있는 대통령이 되는 길'을 나 나름대로 분석해본 적이 있다. 대통령이 될 야심이 있느냐고? 천만에! 현직 대통령이나 차기 대통령이 시행하면 틀림없이 국민 대다수의 절대적인 지지를 받음 직한 몇 가지 시정 방안을 그 사람들을 대신해서 생각해본 것뿐이다.

인기 있는 대통령이 되는 길

첫째, 상수도에 인접해 있는 골프장을 모조리 폐쇄하고 허가를 즉시 취소한다고 발표한다.

둘째, 연성세제 공장을 문 닫게 하고 공해 없는 세제의 개발에 지원금을 준다.

셋째, 맹독성 미제 농약 수입을 금지시키고 유기농법을 권장하되, 농산물의 생산가를 국민건강 유지의 차원에서 국가 예산에 반영한다고 발표한다.

넷째, 교통 문제의 실태를 파악하고 개선책을 마련하기 위하여 국무총리 이하 장·차관급 공무원들에게 일주일에 한 번씩 출퇴근 시간에 만원 버스나 전철을 타고 다니게 하겠다고 발표한다.

다섯째, 공장 폐수를 정화시키지 않고 시냇물이나 강물에 흘려보내는 공장이 발견되면, 그 공장의 주인에게 그 폐수가 섞인 물을 마시고 그 물로 세수하고 목욕하도록 법령을 제정하겠다고 발표한다. 등등.

상품경제 사회에서는 국민 전체에게 아무리 이로운 물건이라도 이윤이 보장되지 않으면 만들어내지 않고, 국민 전체의 건강에 아무리 치명적인 공해 물질일지라도 규제되지 않는 한 이윤이 보장되는 비율에 정비례해서 생산이 증가한다는 이야기는 앞에서 했다. 개인적인 이익을 위해서 집단의 생명 전체를 저당 잡히는 일이 드물지 않다는 사실이 상수도 오염이나 대기오염의 원인을 밝히는 과정에서 적나라하게 드러났다.

상수도에 중금속이 다량으로 들어 있는 공장 폐수를 흘려보내고, 유황이 많이 들어 있는 기름을 수입하여 대기에 납과 아황산가스가 그득하도록 만들어놓는 사람이라고 해서 그런 짓의 해독을 모르지는 않는다. 그래서 이 사람들은 저마다 살길을 찾는다. 수십 미터의 암반을 뚫고 지하수를 퍼올려 마시거나, 설악산이나 지리산 계곡에서 실어 나른 생수를 배달해 마신다. 또 집은 대기가 오염되어 있는 시내

중심가에서 멀리 떨어진 교외에 마련하고, 주말에는 골프장에 가서 신선한 공기를 마신다.

그러나 이 길이 정말 삶에 이르는 길일까? 땅 위에 흐르는 물이 오염되면 땅속으로 스며드는 물도 오염되게 마련이다. 오염된 대기는 한 곳에 머물지 않고 바람 길을 따라 흐른다. 노르웨이의 호수들이 죽음의 호수가 된 것은 노르웨이 공장에서 뿜어 올린 매연 때문만은 아니었다. 독일을 필두로 한 북유럽 여러 나라의 공업화의 부산물로 생긴 산성비가 대기의 흐름에 따라 노르웨이에 집중적으로 내렸기 때문에 생긴 현상이다. 교외가 도시와 마찬가지로 별로 안전하지 못하다는 것을 우리는 독일의 산림이 황폐화된 사실에서 미루어 짐작할 수 있다.

이 세상에서 혼자 살 수 있는 길은 없다. 제 힘으로 살길을 찾았다고 큰소리를 치는 사람도 찬찬히 살펴보면 그렇지 않음을 알 수 있다. 그 사람이 위에 걸치고 있는 양모 옷은 오스트레일리아에서 수입한 양털로 짠 것이고, 안에 입고 있는 내의는 미국 남부 지역의 목화가 원료이다. 신고 있는 신발의 밑창은 수마트라 정글에서 채취한 고무로 되어 있고, 위 속에 들어 있는 음식은 그 사람이 잘 모르는 어떤 농부가 땀 흘려 지은 농사의 결과물이다. 타고 다니는 승용차를 움직이는 기름은 중동에서 솟아오른 것이다. 이렇듯이 아무리 자수성가를 했다고 큰소리치는 사람도 따지고 보면 혼자 힘으로 산다는 것은 불가능하다.

따라서 어떤 사람이 남의 힘을 빌리지 않고 제 힘으로 살길을 찾았다고 하더라도 그것은 상징적인 뜻을 지닌 말에 지나지 않는다. 왜냐하면 사람은 스라소니나 살쾡이 같은 짐승과는 달리 더불어 살 수 있었기 때문에 사람다운 삶을 누리게 되었다고 보아야 하기 때문이다. 어떤 사람이 잘 살게 된 것은 그만큼 머리를 쓰고 부지런히 일을 했기 때문만은 아니다. 그 사람의 의식이 성장하기 전에 이미 그 사람은 인류가 수만 년의 세월을 통해서 축적해온 문화적, 기술적 유산의 세례를 받아왔다. 그 사람이 이용할 수 있는 물질적인 토대 가운데 아주 적은 부분만 다른 사람의 손을 빌려 그 사람이 마련한 것에 지나지 않는다.

사람이 사람인 것은 사람들 사이에서 살기 때문이다. 잘못된 경쟁 위주의 가치관 때문에 다른 사람은 다 죽어도 내 살길만 찾으면 된다고 생각할지 모르지만, 동료 인간이 다 죽고 난 폐허 위에서 살아남는 사람은 사람이 아니라 사람의 탈을 쓴 짐승일 뿐이다. 그 사람은 스스로 먹이를 찾고, 몸에 걸칠 것을 찾고, 몸 숨길 곳을 찾아야 하는데, 이것은 짐승들이 사는 길이나 다름없기 때문이다. 그러나 개인주의적이고 이기적인 품성을 지닌 인간을 끊임없이 대량생산해내는 상품경제의 사회를 인류의 진보가 이루어놓은 가장 이상적인 사회라고 떠들어대는 그릇된 가치관이 소수의 힘 있는 사람들 손에 의해서 실체적인 진실로 분장되고 있는 형편이다.

지난 30년 동안 삶의 길을 찾아 맹렬히 헤매온 사람들이 막상 이르게 된 길은 죽음에 이르는 길임이 밝혀지고 있다. 위기에 봉착한 사람들은 우리만이 아니다. 온 세계가 동일한 경로를 거쳐서 동일한 길목에 들어서고 있는 것이다.

무엇이 문제인가? 문제의 핵심은 무한한 생산력의 발전에 따라 무한히 분화되고 증가되는 욕망을 무한히 충족시킬 수 있다는 신화에 있다. 모든 욕망이 다 충족되어서 좋은 것도 아니고, 또 다 충족될 수 있는 것도 아니다. 이 세상에는 충족시켜서는 안 되는 범죄적인 욕망이 있다. 상수도 수원지에 정화되지 않은 공장 폐수를 흘려보냄으로써 이윤을 극대화시키겠다는 욕망은 범죄적 욕망이다. 또 이 세상에서 무슨 수단을 써도 충족시킬 수 없는 병적인 욕망도 있다. 수천만 원을 호가하는 외제 밍크코트를 입고도 더 비싼 옷을 찾는 꺼질 줄 모르는 자기현시의 욕구는 정상적인 욕구가 아니므로 충족시킬 길이 없는 치료의 대상이다.

이와 연관 지어서 간단한 예를 하나 들어보자. 서울을 비롯한 대도시의 교통 체증은 이제 한계에 이르렀다. 이런 상태로 2, 3년을 지내면 땅 위로 다니는 모든 차는 제자리에서 꼼짝도 못하는 지경에 이르게 될 것이다. 왜 이렇게 되었는가? 서울시를 비롯한 대도시의 잘못된 교통 행정 때문인가? 천만에! 그렇지 않다. 가장 큰 문제는 우리 사회에서 일상화된 병적인 소유욕에 있다. 현상적으로는 대중교통수단이 불편하기 때문에 편하고 자유로운 교통수단을 찾게 되고, 그러다 보니 소형 승용차가 제한되어 있는 도로를 점유하는 비율이 늘어나 교통 체증을 심화시키고, 교통 체증이 심화되니 콩나물 버스에서 발돋움을 한 채 두 시간 가까이 고통을 겪지 않을 수 없고, 그 결과 고통에서 해방되는 출구를 찾게 되어 교통 체증을 심화시키고…… 이렇게 악순환이 계속되는 것으로 보일 수 있다. 그러나 본질적인 문제는 여기에 있지 않다.

교통수단은 인간의 발의 연장이다. 짧은 시간에 먼 곳까지 가고 싶은 인간의 욕구가 여러 가지 차를 만들고 배를 만들고 비행기를 만들어냈다. 따라서 교통수단을 만들고 교통 정책을 세울 때는 이 점만 유의하면 된다. 필요한 때에 필요한 곳에 편안하게 갈 수 있게 하는 것, 이보다 더 훌륭한 교통 정책은 있을 수 없다. 바로 그 편안함의 추구가 자가용에 대한 수요를 증가시킨 게 아니냐고? 절대로 그렇지 않다. 대도시의 교통 문제에서 인구의 증가나 안락의 추구가 교통 체증의 주요 원인은 절대로 아니다. 가장 주요한 문제는 병적인 소유욕에 있다. 그리고 그 배후에는 소유욕의 충족을 행복의 지표로 여기도록 끊임없이 선전한 정부와 그 뒤에서 그렇게 하도록 부추긴 분별없는 탐욕의 화신들이 있다.

서울을 비롯한 대도시의 교통 문제는 대중교통수단의 확충에 있는데, 땅 밑으로 길을 많이 낸다고 해서 해결되지 않는다. 땅 위의 모든 시민이 앉아서 출퇴근하고도 남을 안락한 대중교통수단이 필요한 때, 필요한 곳으로 갈 수 있도록 만들어야 하는데, 그러자면 자가용을 없애는 길밖에 없다. 기왕에 가진 자가용을 폐기 처분하도록 하는데 가만히 있을 자가용 소유자가 어디 있겠는가? 그 탓은 자가용의 소유를 신분의 상징으로 이용하도록 거짓된 욕망을 끊임없이 일깨운 상품경제 사회에 있다. 교통수단을 발의 연장이 아니라 사회적 위계질서의 연장으로 생각하도록 길들인 그릇된 가치관에 있다.

나는 그릇된 욕망에 기초한 자가용의 사적인 소유가 궁극적으로 교통지옥을 낳듯이, 삶에 이르는 길에 도움이 되지 않고 도리어 죽음에 이르는 길에 도움이 되는 물질(전쟁무기, 핵, 공해 상품, 유독성 농약 등등)의 대량생산과 그러한 생산에서 노리는 이윤의 추구가 궁극적으로 전 세계를 오늘의 위기에 몰아넣었다고 생각한다.

이런저런 생각에 휩싸여 쫓기듯이 고향을 떠나면서 나는 아직은 맑은 상태로 있는 고향의 공기를 가슴 하나 가득히 들이쉬었다.

눈보라 치는 개펄에
향나무를 묻으면서

내가 사는 방은 아주 작다. 원래 외양간과 창고로 쓰려고 지었던 집인데 부뚜막을 만들고 구들도 놓아 방을 만들었다. 조그마한 장롱 하나에 네모난 밥상 하나, 책장 하나와 서류장을 벽에 붙여놓으니 요 하나 깔고 이불 하나 펴면 딱 맞는 자리밖에 없다. 그래서 손님이 와도 여간 허물없는 손님이 아니면 같이 자자는 말을 못한다. 서쪽으로 창문을 하나 냈는데 겨울철이 다가오면 그 창문으로 어찌나 찬바람이 스며드는지 손이 시려서 오래 앉아 있을 수 없다. 그래도 올해로 이 방에서 세 해째 겨울을 나다 보니 정이 들었다.

전에는 내 방이 따로 없었다. 처음에는 식구들과 한방에서 자다가, 나중에는 보일러가 놓인 안채에서 혼자 자거나 손님들이 오면 함께 자야 했다. 혼자 자기에는 방이 너무 넓다 싶어 미안하고, 손님들과 함께 자면 눈치 보여서 밤늦게까지 불을 켜놓거나 이른 새벽에 부스럭거릴 수 없고 해서 옮겼는데, 몹시 추운 한겨울만 참고 지내면 나름 아늑하고 고즈넉하다. 벽과 천장과 방바닥은 한동네 축산 농가에서 얻어온 사료 포대로 발랐다. 방바닥은 콩기름도 먹였지만 들뜨고, 아랫목은 군불 때는 데 서툰 식구들이 메주콩을 삶거나 소여물을 끓이다가 너무 불을 깊이 집어넣어 방바닥을 태워서 조금 볼품이 없지만 그래도 정겹다. 무엇보다 마음이 편하다.

올 겨울에는 유난히 눈이 많이 내리고 날씨도 추워서 서쪽 창을 스티로폼으로 뒤늦게 봉하고 그 낡은 스티로폼에 박힌 철사 자국 틈새로 바람이 들어오는 걸 막으려고 백지를 발랐다. 그런데 그냥 백지로 두기 밋밋해서 검은 수성펜으로 ‘방하착(放下着)’이라고 한자를 쓰고 그 밑에 ‘맘 놓으시지요’ 하고 우리말로 번역해놓았다. 미리미리 겨울 채비를 했더라면 덜 고생스러웠을 걸 하는 반성은 왜 꼭 뒤늦게야 찾아드는지. 실없이 혼자 웃으면서 우리네 살림살이도 비슷하구나 생각한다. 거덜이 나고 나서야 허둥지둥 땜질에 경황없는 나라 살림도 마찬가지고.

얼마 전에 내가 사는 곳에서 멀지 않은 개펄에서 ‘매향제’ 행사를 곁들인 새만금 공사 중지 시위가 있었다. 부안 시민문화모임, 부안군 농민회, 전국교직원노동조합 부안지회가 떨쳐 일어서고, 전국 각지의 환경단체 분들이 와서 함께한 자리였다. 우리 공동체 식구들도 트럭을 타고 가서 그 시위에 끼었다. 개펄을 살리는 일이 갯살림을 제대로 하는 데 얼마나 중요한지 모르는 바 아니었지만, 아직 들살림도 제대로 익히지 못한 터에 농사일 제쳐두고 개펄 살리자고 앞장서는 게 주제넘다 싶어 속으로만 앓고 있었다. 그런데 눈보라를 무릅쓰고 젊은 이들이 먼저 나서는 것을 보고 한편으로는 그들이 대견스럽고 또 한편으로는 내 처신이 부끄러웠다.

개펄의 경제가치가 그것을 메워 농토를 만들거나 산업 시설을 세워 얻는 경제가치보다 몇 배, 몇십 배 더 크다는 것은 세계적으로 널리 알려진 사실이다. 살림가치는 더 크다. 개펄에는 알다시피 단위 면적당 가장 많은 생명체가 어우러져 살고 있다. 그야말로 생명의 보고이다. 그리고 이 생명체들 가운데 소홀히 여겨도 좋은 것은 하나도 없다. 그래서 개펄을 끼고 사는 가난한 어민들은 호미 하나로 목숨을 이어간다. '맨손 어업'이라는 말도 아무 장비나 시설이 없어도 개펄에서 맨손으로 바지락과 굴, 맛, 낙지 같은 온갖 어패류를 캐거나 따서 먹고사는 어민들의 생업을 가리키는 데서 생겨났다. 그런데 이 나라의 생명창고 가운데 하나인 개펄을 없애고 그 자리에 산업 시설과 농토를 마련하자는 야바위놀음이 벌어지고 있다.

명분이야 그럴듯하다. 청사진도 근사하고. 서해안 시대, 호남 지역 경제의 발전, 대중국 교역의 교두보……. 이런 야바위놀음으로 시화호가 썩어가고 아산만 일대가 재벌 기업의 사유지로 바뀌어 방치되다시피 하고 그 개펄에 의지해 먹고살던 그 많은 힘없고 가난한 어민들이 오갈 데가 없어졌는데도 아직도 이런 놀음판이 벌어지고 있으니, 그리고 그 판돈을 대느라고 온 국민의 허리가 휘고 개펄에 기대 살던 가난한 어민들이 집도 절도 없이 아무런 생계 보장도 받지 못하고·머지않아 주린 배를 움켜쥐고 이리저리 떠돌 판이니, 누구를 위한 명분이고 무엇을 위한 청사진이란 말인가?

짚히는 데가 아주 없지는 않다. 국가 발전을 코에 걸고 국민 복리를 뇌까리면서 정작 속셈은 딴 데 있는 자들의 짓임에 분명하다. 돌이켜 보면 개펄을 대규모로 막는 공사는 일본 제국주의자들이 시작했다. 말이야 비단 같았다. 조선의 발전, 식량 증산, 자력갱생……. 그러나 그렇게 해서 증산된 식량은 모두 식민 본국인 일본으로 빼돌리지 않았나? 한국전쟁 뒤로 이승만 독재정권 아래서도 간척 사업이 있었다. 기아에 허덕이는 국민의 참상이 '국부(國父)'에게 가여워 보였겠지. 그러나 속내를 들여다보면 그 탓이 누구에게 있었는가? 이유야 어쨌든 남녘이고 북녘이고 총칼을 들려 싸움터로 몰아내 논이고 밭이고 쑥대밭을 만든 그 잘난 지배자들 등쌀에 그리 되지 않았던가? 박정희 이래로 노태우에 이르기까지 군사 독재가 서슬 퍼렇던 시절에 개발을 빌미로 재벌 기업과 결탁하여 중동 건설 경기의 끝물로 남아도는 건설 장비가 고철로 바뀌는 걸 막아주는 대신 정치 자금인지 통치 자금인지 개인 치부를 위한 뇌물인지 모를 돈을 몇천 억 단위로 착복하는 방편으로 그 풍요로운 서해안 개펄들을 제사상에 올리지 않았던가?

이제 '국민의 정부'가 되었으니 그 더러운 버릇, 온 백성의 살림터를 담보 잡히면서 하는 야바위놀음은 당장 그만두어야 한다. 전두환, 노태우 정권 때 이미 시작되었느니 '문민정부'의 유산이니 하는 변명은 통하지 않는다. 철부지 농사꾼인 이 못난 백성의 눈에도 환히 보인다. 국민의 혈세로 이루어진 국가 예산을 제 주머니 속의 쌈짓돈으로 알고 뭉텅뭉텅 잘라먹던 버릇을 개 못 주는 악덕 재벌들이야 그렇다 치더라도, 이른바 '정치인', '경제인', '언론인', '지식인' …… 들이 짜고 치는 고스톱 판이 계속되는 것은 거기에서 떨어지는 '떡고물' 때문이라는 것이다. 눈 가리고 아웅 하던 시절은 이미 지났다. 정말이지 이제부터라도 정신을 차려야 한다. 말로만 정치 개혁을 외친들 무얼 하나?

나는 들살림, 갯살림, 산살림을 제대로 익히려고, 그렇게 해서 살아 숨 쉬는 들, 푸른 산, 바닷고기와 조개들이 바다와 개펄을 덮는 생명의 창고들을 우리 후손들에게 물려주는 데 조금이라도 힘을 보태 지난날 내가 철없이 저질렀던 죄 갚음을 하려고, 쉰 하고도 중반에 접어든 나이에 산과 들과 바다가 어우러진 이 외진 변산 땅에 아무 연고도 없이 찾아왔다. 그런데 와보니 나에게 살림을 제대로 가르쳐주려는 분들이 없다. "콩밭은 언제 매야지요?" 하고 앞집 할아버지께 여쭈어보면 "그 풀 언제 다 매고 있어? 제초제 사다가 확 뿌려버려!"라고 퉁명스럽게 내뱉고 마신다. "약초 캐는 법을 알고 싶은데요." 하고 산자락 밑 할머니께 조심스레 말 건네면 "그것 다 소용 없어. 살림에 보탬이 안 돼. 중국에서 들어오는 약초만 해도 산더미여." 하며 한숨을 쉬신다. 새만금 개펄에 나가 호미로 바지락을 캐고 계시는 아주머니께 "아무리 개펄을 뒤집어보아도 바지락은커녕 게 한 마리도 잡을 수 없네요. 바지락 구멍이 어떻게 생겼지요?" 하고 물으면 "아따, 바지락 구멍은 알아서 뭣 헐라요? 이 개펄 곧 없어져버리고 말 텐데." 하고 들은 척도 않는다.

한 분 한 분이 다 소중한 선생님들이신데, 이분들이 돌아가시고 나면 땅도 살고 사람도 사는 농사법도, 숲을 가꾸고 약초를 채취해 건강하게 살 길도, 철 따라 고기 잡고 조개 캐 밥상에 올려 땀 흘려 일할 힘을 얻을 방도도 덩달아 죄다 땅속에 묻히고 말 텐데, 절망으로 꽉 닫힌 마음의 문을 열 희망의 빛이라고는 어디를 둘러보아도 없으니, 내가 무엇을 어떻게 배워 후손들에게 삶의 길을 대물림할 수 있겠는가? 아주 먼 옛날 나 어린 시절에 《시경(詩經)》을 읽으시는 아버님 어깨 너머로 익혔던 시 한 구절이 떠오른다. "저 해는 언제 떨어질꼬. 너나 없이 함께 죽자." 절망이 얼마나 극에 달하고 독재의 폭압이 얼마나 심했으면 백성 사이에서 이런 노래가 퍼져 나갔겠는가?

이제는 바뀌어야 한다. 바꾸어내야 한다. 지난날 폭압의 상징이던 새만금 개펄막이 공사는 당장 그쳐야 한다. 이제까지 쌓아올린 것은 과거 통치자들과 거기에 빌붙거나 이용해서 일신의 안락을 꿈꾼 자들의 어리석음의 기념비로 후세들에게 경각심을 주기 위해 남겨두어도 될 것이다. 나라 살림을 책임져야 하는 사람들이 스스로 바뀌려고 들지 않으면 백성이 떨쳐 일어서서라도 바꾸어내야 한다. 나는 지금이 그 기회라고 본다. 이것은 '국민의 정부'의 기회이기도 하고 '시민'과 '풀뿌리 백성'의 기회이기도 하다.

새만금 개펄이 막혀 거기에 둥지 틀고 살던 그 많은 생명체가 죄다 죽으면 덩달아 나도 죽고 머지않아 나라 살림도 거덜이 난다. 눈보라치는 개펄에 100년 뒤 우리 후손들이 파내어 그윽한 향기를 맡을 수 있게 향나무를 묻으면서 다짐한 것이 있다. 절대로 물러설 수 없다고.

진짜 문제와 가짜 문제

환경운동본부에서 '생명철학과 환경 문제'라는 주제로 이야기를 해달라고 했을 때 아무리 고민해도 도무지 할 말이 없어 끙끙거리면서 시간만 보내고 말았다. 강연장으로 가는 길에 고민이 되어 땅만 쳐다보고 걸었는데, 나중에 깨닫고 보니 그게 땅이 아니었다. 그러니까 아스팔트길만 본 것이다. 이상한 생각이 들었다. '아, 이 넓은 공간에서 살아 있는 것이라고는 사람과 겨우 길 옆에 파헤쳐진 조그만 땅 위에 자라고 있는 가로수뿐이구나. 죽음의 도시, 죽임의 도시에서 마치 가로등 불빛에 홀린 불나방처럼 도시의 휘황한 불빛에 끌려서 우리가 죽음의 길을 가고 있구나.' 하는 생각이 들었다. 도대체 인간만이 살고 있는 이 도시 환경, 여기에서 우리가 살길을 찾을 수 있을 것인가 하는 회의도 생겼다.

나는 도시에서는 살길을 찾을 수 없다고 생각한다. 우리는 삶의 흉내를 내고 있을 뿐이지 살아 있는 것이 아니다. 모든 살아 있는 것은 흙을 딛고 서 있다.(물론 물에서 살고 있는 것도 있다.) 풀이나 나무도 흙에 뿌리를 내리고, 풀과 나무에 기대 사는 다른 생명체들도 풀이나 나무가 탄소를 흡수한 대가로 내놓은 산소를 흡수하면서 흙을 딛고 살고 있다. 흙에서 움직이고 먹이를 찾고 짝을 짓고 살고 있다. 흙에서 멀어지고, 풀과 나무에서 멀어지고, 다른 짐승들(인간과 함께 오랫동안 같이 살아왔던 짐승들)과 멀어져서 고립된 환경 속에서 살도록 운명 지워진 순간부터 우리는 이미 죽음의 선고를 받은 것이나 다름없다.

우리가 살고 있는 이 도시사회는 결국 죽음의 사회이다. 이렇게 이야기하면 지나치게 과격하다고 생각할 사람도 있겠지만 사실이다. 역사적으로 모든 도시사회는 멸망한다. 이제까지 인류 역사에서 생겨난 도시 문명 치고 몰락하지 않은 것 있는가. 도시사회는 자급자족할 수 있는 생산 공동체를 그 안에 안고 있지 못하다. 도시 한복판에 논이 있나, 밭이 있나. 소나 돼지를 기를 수 있는 외양간이나 돼지우리를 마련할 수 있나. 푸성귀나 나물을 기를 수 있는 텃밭이라도 제대로 있나. 없다. 아무것도 없다.

그러면 도시에 사는 사람들은 생존 문제를 어떻게 해결하는가. 도시 주변에 있는 단위 생산 공동체에서 생존에 필요한 모든 것을 가져와야 한다. 그러니까 곡식을 기르는 곳에서는 곡식을 가져오고, 가축을 기르는 데에서는 가축을, 어촌에서는 고기를 가져와야 한다. 그 대가로 도시 사람들이 주는 것이 무엇인가. 도시 사람들은 주는 것이 참 많다는 환상을 갖기 쉽다. 그러나 주는 것이 없다. 도시 사람들은 생산 공동체 주민에게 되돌려주는 것이 없을 뿐만 아니라 그 생산 공동체에서 자라는 풀이나 나무, 짐승에게도 되돌려주는 것이 아무것도 없다. 모든 유기체의 관계는 서로 주고받는 것인데, 이 순환의 고리가 도시사회에서는 끊겨버린다. 도시 주민들은 그 아까운 똥오줌을 전부 수세식 변소로 흘려서 내버리게 되고, 먹다 남은 음식도 주변에 개나 돼지, 닭 같은 것이 없으니까 전부 썩혀서 버리게 된다. 도무지 생명계에 되돌려주는 것이 없다. 일방적으로 약탈하고 착취할 뿐이다.

서울에 사는 사람들이 밥을 굶게 되면 우선 김포에서 쌀을 가지고 오게 된다. 그런데 김포라는 생산 공동체에 생산의 교란이 생겨 가져올 쌀이 없다면 이천으로 갈 것이다. 이천에도 없다면 여주로 갈 것이다. 여주에도 없다면 안성으로 갈 것이다. 도시는 그 자체가 삶의 원리에 바탕을 두고 있지 않기 때문에, 다시 말하면 자기 내부에 자급자족할 삶의 구조를 형성하지 못하고 있기 때문에 끊임없이 외부에다 빨판을 대고 기생하는 삶을 도모할 수밖에 없다는 이야기다. 그리고 단위 생산 공동체 생산에 교란이 일어나게 되면 자기 생명에 위협을 받게 되므로 되도록이면 많은 생산 공동체에다가 문어발처럼 빨판을 대려고 한다. 이렇게 해서 도시사회는 어쩔 수 없이 제국주의적인 생존 전략을 택할 수밖에 없다. 거대 도시화한 나라들이 늘 나라 안의 생산 공동체들을 내국 식민화하고 나서 더 큰 식민지를 찾아 국외로 시선을 돌렸다는 것을 상기할 필요가 있다. 그래서 거대 도시(메갈로폴리스)를 지향하는 지금 현대사회는 죽음의 선고를 받은 사회라고 볼 수 있다.

서양에서 먼저 생명철학이 나온 것은 우연한 일이 아니다. 사람이 살아가는 데 큰 문제가 없을 때에는 생명철학 같은 것이 나오지 않는다. 생명철학이 19세기에서 20세기에 걸쳐서 서구 도시사회에서 머리를 내밀게 되었다는 것은 그만큼 서구 도시의 삶이 위기에 부딪혀 있다는 것을 뜻한다. 환경 문제도 마찬가지다. 환경 문제가 서구 사회에서 대두된 것은 벌써 한 세기가 거의 넘어선다. 그런데 우리가 그동안 그것을 타산지석으로 삼지 못하고 어리석게도 발전이라는 이름의 죽음의 길을 똑같이 걸어왔기 때문에 우리도 똑같은 문제에 부딪치고 있는 중인 것이다.

우리 집에서도 아내가 우유팩을 늘 깨끗이 씻고 말리고 뜯어놓았다가 재활용하라고 갖다 주는 걸 본다. 그걸 보면서 한편으로는 갸륵하게 여기면서도 한편으로는 분통이 터진다. 그 우유팩을 그렇게 알뜰히 씻고 말리고 뜯는 데 들어가는 물이나 동력은 제쳐놓고라도 사람 품도 여간 들어가는 게 아니다. 누구를 위해서 이런 일을 하는가. 자본가를 위해 그런 일을 한다는 생각밖에 안 든다. 만일 우유를 제품화하는 사람이 옛날 방식대로 병에다 우유를 넣는다면 우유팩이 가져오는 환경오염은 없을 것이다. 그럼 왜 자본가는 환경에 문제가 없는 우유병을 쓰지 않고 우유팩을 쓰게 되었는가. 그리고 왜 우리 집 물과 전력을 낭비하게 만들고 내 마누라를 고생시키는가. 왜 소비자에게 자기가 저질러놓은 일의 뒤치다꺼리를 전가하는가. 그래서 화가 나는 거다.

자본가에게 우유병에 우유를 넣어 배달하도록 하면 우유팩에서 생기는 문제는 발생하지 않을 것이다. 그리고 자본가가 그렇게 하지 않으려고 할 때 그것을 규제하는 집단이나 국가권력이 있으면 우리가 환경보호를 한답시고 우유팩을 씻어 말려 재생해서 쓰는 번거롭고 에너지가 많이 낭비되는 사태는 생기지 않았을 것이다. 마찬가지로 연성세제 쓰지 말자, 샴푸 쓰지 말자, 세탁세제 쓰지 말자 등등 환경에 해로운 것은 쓰지 말자는 각성이 집단으로 일어나면 좋다. 그러나 만일 환경에 해가 되고 인체에 해롭고 우리의 생명을 위협한다면 만들지 못하도록 하는 것이 더 중요하다. 샴푸나 세탁세제 만드는 공장의 문을 닫게 하고 그 대신 인체에 해롭지 않은 머리 감는 비누라든지 세탁하는 비누 같은 것을 개발하도록 보조금을 주는 근본 조처를 해야 한다. 그런데 왜 이렇게 근본에서 문제를 해결하는 데 힘을 쓰지 않고 문제가 발생하고 난 뒤에야 그 문제를 미봉하는 지엽말단에만 매달리는가. 환경 문제에는 진짜 문제가 있고 가짜 문제가 있다. 근본 문제를 해결하지 않으면 가짜 문제 가지고 아무리 미봉을 하려고 해도 해결되지 않는다.

건강한 삶을 되찾기 위하여

나는 어렸을 때 우리 마을 앞을 흐르는 시냇물에서 헤엄치기를 배웠다. 거기에서 고기잡이도 했다. 그런데 지금은 그 시냇물도 다 썩어버렸다. 시골 공기가 도시 공기보다는 맑지만 머지않아 그 공기도 오염될 것이다. 벌써 시골 우물도 식수로 사용할 수 없을 만큼 더럽혀졌다.

우리의 욕망 구조와 연결해서 생각해보자. 우리는 무엇을 참이라고 하고, 무엇을 거짓이라고 하는가? 어떤 때 참말을 하고 어떤 때 거짓말을 한다고 이야기하는가? 우리는 있는 것을 있다고 하고 없는 것을 없다고 할 때 참말이라고 하고, 무엇을 무엇이라고 하고 무엇이 아닌 것을 무엇이 아니라고 할 때 참말이라고 한다. 없는 것을 있다고 하거나 있는 것을 없다고 할 때, 무엇인 것을 무엇이 아니라고 하고 무엇이 아닌 것을 무엇이라고 할 때 거짓말이라고 한다. 여기에 무슨 어려운 말이 필요한가. 진실은 아주 단순한 것이다.

어떤 때 좋다고 하고 어떤 때 나쁘다고 하는가. 기분이 좋으면 좋다고 하고 기분이 나쁘면 나쁘다고 할까? 우리는 좋은 세상을 지향하고 나쁜 세상을 없애자고 한다. 나쁜 공기를 없애자고 하고 맑은 공기를 되찾자고 한다. 어떤 때 좋은 공기이고 어떤 때 나쁜 공기인가? 공기를 오염시키면서도 자본가들처럼 자기는 교외의 공기 맑은 데 가서 살면 좋은 세상에서 사는 건가? 아니다. 좋고 나쁨을 가르는 기준도 단순하다. 있을 것이 있고 없을 것이 없으면 좋은 거고, 없을 것이 있거나 있을 것이 없으면 나쁜 것이다. 맑은 공기는 없어야 할 것인가, 있어야 할 것인가? 있어야 할 것이다. 그러면 좋은 것이다. 탁한 공기는 없어야 할 것인가, 있어야 할 것인가? 없어야 할 것이다. 그러면 나쁜 것이다.

억압과 착취, 전쟁, 탐욕, 이기심, 이런 것은 좋은 사회가 되기 위해서 있어야 할 것인가, 없어야 할 것인가? 없어야 할 것이다. 우리 사회에는 그런 것들이 있나, 없나? 있다. 그러면 우리 사회는 나쁜 사회이다. 좋은 사회라면 모든 사람이 사람으로 태어났다는 이유만으로도 모두가 자유롭고 평등하고 우애 있고 서로 도우면서 사는 사랑의 공동체여야 한다. 그렇지 않은 사회라면 정도의 차이는 있겠지만 나쁜 세상이라고 볼 수 있다.

있어야 할 것이 없고 없어야 할 것이 있는데, 지금 환경 문제에 접근하는 사람들은 어느 방향에 주목하고 있는가? 없어야 할 것이 있다. 이것을 없애자. 샴푸, 세탁세제, 연성세제 등은 없어야 할 것이다. 오염된 공기도 없어야 할 것이다. 납, 카드뮴, 육가크롬에 오염된 물도 없어야 할 것이다. 없애자. 그렇다, 이것도 좋은 세상을 만드는 한 길이다. 그러나 없어야 할 것을 말끔히 없앤다고 해서 저절로 좋은 세상이 오지는 않는다. 소련과 동구의 경험에서 우리는 그 본보기를 찾을 수 있다. 지금 없는 것, 있어야 할 것인데 없는 것이 무엇인지를 깊이 연구해야 한다.

없어야 할 것이 있다는 것에 대해서 비판하고, 비판의 대상이 되고 있는 것을 제거하는 일은 대단히 중요하다. 왜냐하면 우리 사회에는 없어야 할 것이 너무나 많기 때문이다. 그러나 동시에 우리 사회에서 진짜 있어야 할 것이 무엇인지, 왜 이것이 없는지도 생각해야 한다. 우리가 사람답게 사는 세상, 사람뿐만 아니라 모든 생명체가 살아 있는 것으로서 제대로 살 수 있는 세상, 이런 세상을 만들기 위해서 필요한 것, 있어야 할 것이 무엇인가. 이것을 탐구하고 만들어내기 위해서 창조의 힘과 슬기를 모으는 일이 그에 못지않게 중요하다. 우리의 지성은 비판하는 데 그치지 말고 창조하는 일로 연결되어야 한다.

우리의 욕구 가운데는 참된 욕구가 있고 거짓된 욕구가 있다. 예를 들어 식욕을 살펴보자. 우리가 살아남기 위해서는 뭔가 먹어야 한다. 그런데 식욕에도 참된 욕구, 건강한 식욕이 있고, 병적인 식탐이 있다. 로마 대제국 시절에 로마 상류계급 사람들이 아주 잘 먹고 잘 살다가 잘 죽었다는데, 이 사람들을 조사해봤더니 영양실조로 죽은 것이 틀림없다고 할 수밖에 없는 사람들이 많았다고 한다. 웬일인가 궁금했는데 로마 상류계급의 생활상을 보니 이해가 되었다. 당시 로마는 유럽 전체를 식민화하면서 '모든 길은 로마로 통한다.'는 대제국을 건설했다. 모든 물산이 로마 시로 모여들어, 과장을 좀 보태면 트라키아에서 온 제비 집, 에티오피아의 원숭이 골, 어디에서 온 벼룩의 간 등 온갖 산해진미를 늘어놓고 요것도 조금 맛보고 저것도 조금 맛보았고, 그렇게 먹으면 살이 찔 것 같다거나 배가 너무 불러서 불안한 생각이 들면 닭털을 목에 집어넣어 토해내고, 또다시 요것도 맛보고 저것도 맛보고 또 토해내는 짓을 거듭했다는 것이다. 즉 몸에 힘을 기르고 그 힘으로 일을 하기 위해서 음식을 먹은 것이 아니라 오로지 맛보고 즐기기 위해서 먹었다는 것이다.

우리는 이런 짓을 건강한 욕망, 진짜 욕망을 충족시키는 길이라고 볼 수 있을까? 아니다. 그것은 병적인 욕망이고 그릇된 욕망이다. 이처럼 우리의 기본 욕망까지도 건강성을 잃어버리고 병적으로 바뀌어버린 것이 엄청나게 많다. 더구나 도시사회에서는 이런 병적인 욕망이 거의 일상화되어 있다. 자동차가 늘어나고, 다리가 기계로 바뀌어 속력이 빨라지면서 사람들이 어찌나 여기저기 뛰어다니며 음식점을 찾는지, 나도 가끔 10리, 20리, 때로는 50리, 100리 가까운 데까지 끌려가 먹고 오면서 '이게 웬 지랄이야. 한턱 낼 테니까 점심 먹으러 가자는 사람에게 얼굴 붉히며 당신이나 가라고 할 수도 없고 억지로 떠밀려 고생 많구나.' 하고 생각할 때도 있고, 때로는 즐거울 때도 있다. 내 입맛도 이렇게 병든 욕망에 길이 든 것이다.

이처럼 도시사회에서는 입는 것, 먹는 것, 잠자리, 의식주에 관련된 가장 기본적인 욕구까지도 병들어 있다. 따라서 기본 욕구의 건강성을 되찾는 일부터 해야 한다. 그래야 우리의 건강한 삶을 되찾을 수 있다. 그 다음에 탐욕스러울 만큼 늘어난 소유욕 같은 욕구들도 없애야 한다. 나도 물욕이 많은 사람으로, 특히 책 욕심이 많다. 대학교 다닐 때 읽지도 않는 책들을 점심 굶으면서까지 허영심 때문에 사다놓고 보니 지금도 읽지 못한 책들이 집에 꽉 차 있다. 아내는 그릇을 사자거나 가정 살림에 필요한 것을 사자고 하면 파르르 떨면서 보지도 않는 책을 사가지고 썩힌다고 차라리 도서관이나 가져다주라고 한다.

대답할 말이 없다.

이렇게 탐욕으로 전화된 소유욕이 큰 문제이다. 자본주의 사회가 이만큼 발전한 것은 소유욕을 부추겨 탐욕으로 바꾸는 데 성공한 까닭도 있다. 자본주의 사회의 모든 법령 가운데서 가장 잘 완비된 것이 소유에 관한 법령이 아닌가. 그리고 이것은 신성불가침한 것으로 여겨진다.

공해 문제는 거개가 소유욕이, 더 많이 갖고자 하는 욕망이 빚어낸 것이라고 볼 수 있다. 자본가라는 사람들은 최대한의 이익을 남길 수 있다면 그것이 온 세계가 아니라 온 우주를 오염시킨다 하더라도 그 오염에서 자신만은 벗어날 수 있다면 전부 오염시킬 준비와 각오가 되어 있다고 보아야 할 것이다. 이 사람들의 탐욕, 소유욕 때문에 대부분 공해 문제가 일어난다. 그럼 사회주의 사회에서 일어나는 공해 문제는 어떻게 설명할 것인가. 그것도 마찬가지다. 자본주의가 지배하는 세상에서 자본주의 발달을 따라가지 못할 경우에는 자본주의에게 먹힌다고 생각하기 때문에 실제로는 불필요한 무기 같은 것을 끊임없이 생산해내고, 자본주의의 물질적인 생산력과 맞서거나 앞서는 생산력을 유지하려고 애써왔기 때문에 생긴 병폐들이다.

공해 문제를 일으키는 주범인 소유욕이 어디에서 발생했는가 하는 문제를 따져보자. 원시 공동체 사회에서는 제 것을 따로 챙기는 소유욕이 없었다. 따라서 소유욕이 인간 본성에 근거하고 있다는 말은 아주 제한된 뜻에서만 받아들여야 한다. 사회 조건에 따라서 소유욕이 강화되고 그것이 탐욕으로까지 전화되는 것이다. 어떤 사회 조건 속에서 소유욕이 발생하고 강화되며 탐욕으로 전화되느냐를 따져야 한다.

원시 공동체 사회에서 소유욕이 사람들 심성에 뿌리를 내리지 못했던 이유는 무엇일까? 잉여 생산품이 없었다는 것도 중요하지만 '먹어도 같이 먹고 굶어도 같이 굶는다.'는 원칙이 확고했기 때문이다. 자기가 속한 공동체가 실제로 울타리가 되어 같이 살고 같이 죽는다는 원칙을 확고하게 세웠기 때문에, 공동체가 삶의 문제를 해결해주었기 때문에 따로 자기 살길을 찾지 않아도 되었다. 그런데 원시 공동체 사회가 잉여 생산을 바탕으로 계급사회로 분화되면서 자기 생존 문제를 자기 손으로 해결하지 않으면 살 수 없는 세계가 온 것이다. 공동체의 울타리가 무너져버린 것이다. 그런 상황에서 내가 가만히 있으면 굶어죽기 딱 알맞다. 그러면 어떻게 해야 하나? 쌓아놓아야 한다. 지금 당장 먹을 것뿐 아니라 장래에 먹을 것까지, 대대로 먹을 것까지 쌓아놓아야 한다. 이렇게 집단적인 안전 보장의 울타리가 무너져버린 계급사회가 도래하면서부터 소유욕이 강화되고 탐욕으로 전화된다.

탐욕이 가장 극성을 부리는 사회는 이 계급사회 가운데서도 자본주의 사회이다. 왜 자본주의에서 탐욕, 소유욕이 극대화될까? 자본의 성격을 보면 안다. 고대 노예제 사회나 봉건제 사회는 대부분의 재산 형태가 토지나 유기물 형태로 이루어져 있었다. 유기물은 보관할 수 있는 기간이 한정되어 있기 때문에 소유욕의 자연 상한선이 정해진다. 그런데 자본주의 사회에 이르러서는 모든 재산의 형태가 무기물로 바뀐다. 아무리 오래 두어도 썩지 않는 금, 단단한 다이아몬드 반지, 은행에 넣어두면 이자까지 불려주는 화폐, 유가증권. 유기물은 쌓아놓는 데도 공간의 한도가 있다. 곡식을 쌓아둘 무한히 큰 창고는 지을 수도 없고, 그렇게 큰 창고를 지어 쌓아놓아 봤자 오래 보존할 길도 없다. 그런데 무기물은 어떠한가? 무기물 가운데서도 금융자산은 무한히 쌓아놓을 수 있다. 그래서 소유욕은 무한대로 커지게 된다.

자본주의 사회에서도 자본의 활동이 가장 활발한 거대 도시에서 소유욕이 가장 극대화되는 까닭은 어디에 있을까? 사람이 자연과 교섭을 하게 되면 자연에게 얼마만큼 주어야 얼마만큼 돌려받을 수 있는지를 알게 된다. 땀 흘려 일하고, 그 땀을 자연에, 농작물에 바치고, 또 똥오줌을 바친 만큼 소득이 나오고, 바치지 않으면 안 나온다. 자본주의 사회의 중요한 특성 가운데 하나는 투기성이다. 투기판에서는 주지 않아도 벌 수 있고, 땀을 흘렸는데도 모두 날려버릴 수 있다. 그래서 도시에서 살다 보면 인간의 심성 속에 자연적인 한계가 없다는 생각이 굳어진다. 주는 만큼 받는다는 것을 어렸을 때부터 체험으로 배우지 못하기 때문에 무한한 욕망이 가능하고 그 욕망의 충족도 무한히 될 수 있는 것으로 착각한다.

내가 이런 이야기를 하면 또 근본주의자가 하나 더 나타났구나, 시골로 돌아가자는 말이지, 농촌으로 돌아가자는 말이지, 또는 소로처럼 '숲속의 생활'로 되돌아가자는 말이지, 그런 속셈이야 뻔히 알지…… 이런 식으로 생각하는 분들도 있을 것이다.

그렇다. 돌아가자. 다만 옛날의 원시 시대로 돌아가자는 말은 아니다. 농경사회가, 따라서 교환경제가 아닌 자연경제가, 교환가치가 아닌 사용가치가 지배적이던 중세에는 논과 밭만 있었던 것이 아니라 신분적인 질곡과 거기에 따른 억압과 수탈이 동시에 있었고, 그 억압과 수탈 때문에 가혹해진 노동 조건이 있었다. 우리 선인들의 거룩한 희생과 의로운 싸움의 결과로 이제 신분적인 억압과 수탈이 없는 사회, 그 공동체 안에서는 모두가 자유롭고 평등하고 평화롭고 우애 있게 살 수 있는 사회, 자기 나름으로 창조적인 문화를 꽃피울 수 있는 사회, 그런 사회를 기초 생산 공동체에서 이룰 전망이 생겨나고 있다. 그러므로 우리는 오랜 고통과 시련을 통해서 얻어낸 인류 지혜의 정수를 가지고 돌아가야 한다. 다시 돌아가면 달라진다. 거기에서 이루어지는 농촌사회는 원시 시대나 봉건사회에서 우리 조상들이 겪었던 농촌사회와는 전혀 다른 것이다.

생산 공동체로 되돌아가지 않고서는 따로 살길을 찾을 수 없다. 죽음의 원리에 바탕을 두고 있는 도시사회는 몰락하게 마련이다. 기간의 유예는 있고 다소간의 빠르고 느린 차이는 있을지언정 언젠가 거대 도시와 거기에 바탕을 둔 삶의 질서는 무너진다. 도시에서 지금 당장 다섯 명의 아이를 뽑아서 숲속에서 길을 잃게 한다고 하자. 그리고 농촌이나 산촌에서 사는 아이들도 똑같은 조건 속에 놓아둔다고 하자. 누가 오래 살아남겠는가? 산촌이나 농촌에서 사는 아이들은 동물로서 생존 감각을 잃어버리지 않았을 뿐 아니라 자연과 교섭하는 가운데 인간으로서 생존 방식을 끊임없이 익히고 개발하는 측면도 있다. 어디에 누우면 몸에 습기가 차서 건강에 나쁘고 어디에 누우면 안전하고, 이 풀은 먹을 것이고 이 뿌리는 독초이고, 이 열매는 어느 정도 구황 식품이 되는지 안다. 도시에서 태어난 사람들은 기본 생존 문제에서 속수무책이다. 살길이 없다. 오로지 뺏어 먹는 것밖에 배우는 게 없다. 공정거래를 위장한 불공정거래에 의해서 남의 것을 뺏어 먹고 살 수밖에 없다.

자기도 생산노동을 해서 뭘 돌려주어야 한다. 생산 공동체와 연결되어야 하고, 노동 현장과 농사 현장, 넓게 보면 농촌과 산촌, 어촌 같은 데 가서 실제로 땀 흘려 일하고 일에 바친 땀만큼 얻어야 한다. 지금까지는 도시 사람들이 많이 뺏어 먹고 잘 살았다. 그런데 더 이상은 허용되지 않는다. 지금 생산 공동체에는 노인네들만 있기 때문에 더 뺏길 사람도 없다. 일손이 없어서 농약도 많이 치는데, 땅이 산성화되어서 더 이상 농약을 칠 수도 없다. 농약 치는 것도 앞으로 길어야 몇 년, 몇십 년이다. 그러면 수입해서 먹으면 되지 않느냐고 마음 편하게 생각할 사람이 있을지 모르지만 거기도 마찬가지다. 세계가 모두 마찬가지다.

되살려내야 한다. 땅을 되살려내야 하고, 우리의 인간성을 되살려내야 하고, 그러면서 공동체 사회에서 우리 모두가 공동의 울타리가 되어 먹을 때 같이 먹고 굶을 때 같이 굶자는 원리로 소유욕과 탐욕을 근절해야 한다. 그러지 않으면 희망이 없다.

버리지 않는 삶

도시 사람들은 음식뿐만 아니라 아직 더 입을 수 있는 옷가지며, 아직 더 쓸 수 있는 가구며, 심지어 더 일할 수 있는 사람까지 마구 버리는 데 익숙해 있다. 이 버릇이 시골에까지 번져서 이제는 시골에도 점점 더 많은 쓰레기가 눈에 띈다.

어떻게 하면 아무것도 버리지 않는 자연을 본받아 살 수 있을까? 지난 겨우내 변산 수몰 지구를 돌아다니면서 허물어진 집터에서 구들장을 파냈는데, 나무로 구들장을 데워서 거기에 등을 대고 자야 건강에 도움이 된다는 생각에서 그런 것은 아니었다. 요즈음에는 시골에도 어지간히 도시의 생활양식이 스며들어 연탄을 때는 집조차 드문 형편이다. 그러니 우리가 사는 산간 마을에도 어디를 가나 썩은 나무 둥치가 뒹군다. 이것을 이용하여 간장도 달이고, 엿도 고고, 소금도 굽고, 밥도 짓고, 방도 데우면 좋을 듯싶어 외양간으로 바뀐 옛날 부엌을 손보아 가마솥을 앉히고 구들돌을 다시 놓았다. 담장 밑에 버려진 솥 세 개를 가져다 걸어놓은 것도 그런 생각에서였다.

가끔 바닷가에 나가 보면 파도에 밀려 온갖 것이 다 버려져 있다. 언뜻 보기에는 모두 쓰레기들이다. 그러나 개중에는 쓸모 있는 것도 적지 않다. 해변을 말끔하게 치울 겸해서 찢어진 그물과 널려진 밧줄과 밀려온 나무토막을 부지런히 주워온다. 자전거 바퀴는 진흙을 시멘트에 개서 그 위에 발라 굴뚝 지붕으로 만들어놓으니 모두 멋있다고 한다. 찢어진 그물은 극성을 부리는 산새들이 씨앗을 파먹지 못하게 모판에 덮어놓으면 따로 비닐을 써서 모종을 길러내지 않아도 된다. 바닷물에 오래 잠겼던 나무토막들은 그늘에 말리면 훌륭한 가구 재료로 쓰인다.

우리가 지난겨울에 들일을 하면서 입었던 옷들도 거의 도시 사람들이 입다 싫증이 나서 버린 것들이었다. 음식 찌꺼기는 남을 겨를이 없다. 풋고추 꼭지까지 알뜰하게 씹어서 먹는 습관 탓도 있지만, 그 밖에 한 식구로 사는 개와 오리와 닭들이 남는 음식을 먹어주기 때문이다.

얼마 전에 중학교 동창생들이 부인들을 모시고 내가 사는 모습을 보겠다고 먼 길을 찾아왔는데, 그 가운데는 서른 해가 훨씬 넘어서야 처음 보는 이들이 태반이었다. 풀물이 잔뜩 밴 작업복 차림에 고무신 바람으로 일하다 마중을 하니 동창생 하나가 부인에게 "이 사람이 윤모 집에서 머슴 사는 분이 아니라 바로 본인이여." 하고 웃었다. 그 말이 귀에 거슬리지는 않았다.

좁은 생활공간에 이것저것 하나도 버리지 않고 쓸 만하다 하여 모아둘 양이면 도시에서는 살기 힘들지도 모르겠다. 하기야 좁은 아파트 공간에 무엇이든지 버리지 않고 여기저기 쑤셔 넣는 시어머니와 이것저것 마구 내다버리는 며느리 사이에 벌어지는 실랑이를 나도 본 적이 있으니까. 그렇지만 유행에 뒤졌다 하여, 조금 더 불편하다 하여, 남 보이기 부끄럽다 하여, 쓸모 있는 것을 자꾸 버리고 새것을 사들이는 버릇이 오래가다 보면 나중에는 부모 형제마저 버리게 되지나 않을까?

버리지 않는 삶은 버릴 것이 없는 삶, 검소하고 무엇이든지 아끼는 생활 태도의 반영이다. 아껴야 쌓이는 것이 있고, 쌓이는 것이 있어야 남에게 베풀 여유도 생긴다고 보면 안 될까? 그리고 물건을 아끼다 보면 사람 아끼는 마음도 생긴다고 보면 안 될까?

죗값

처음 변산 우리 집을 방문하는 사람은 곳곳에 널려 있는 쓰레기를 보고 '참 지저분하게도 살고 있군.' 할지도 모른다. 우리 집에 널린 쓰레기 목록을 대충 적어보면 아래와 같다.

· 헌 자전거 바퀴살: 마당가에 아궁이와 부뚜막을 만들고 굴뚝도 쌓았는데, 이 바퀴살 위에 진흙을 발라 굴뚝 뚜껑으로 얹었더니 모슬렘 모스크를 닮았다고 칭찬하는 사람이 많았다.

· 깨진 옹기 조각: 목욕탕을 만드는 데 바닥에 타일 대신 깔 생각으로 모았다.

· 검은 고무줄: 마대에 담긴 채 불법으로 버려진 것을 주워왔는데 하우스 대를 비롯하여 여러 가지를 동이고 매는 데 쓴다.

· 한옥 짓는 데서 나온 여러 가지 나무토막: 나중에 아이들과 켜고 깎고 다듬고 하여 목공예품을 만들려고 쌓아놓았다.(우리가 사는 마을에도 구들을 나무로 데우는 집이 없어서 나무토막도 쓰레기가 되어버렸다.)

· 불에 그슬리고 바닷물에 전 통나무: 이것은 변산 해수욕장에 오랫동안 박혀 있던 것을 세 토막으로 잘라 실어왔다. 바닷물에 오래 담겨 있던

나무는 가구를 만드는 데 안성맞춤이다.

· 찢어진 그물과 크고 작은 밧줄들: 변산 앞바다에서 떠밀려 해변에 널려 있는 것을 걷어왔다. 그물은 산비탈에 있는 모종밭을 산새들로부터 지키는 데, 밧줄은 이것저것 묶는 데 쓸 작정이다.

· 밭에서 나온 크고 작은 돌멩이들: 장독대 옆 돌담을 쌓는 데 쓰고 나머지는 모아두었다.

· 헌 사료 포대들: 같은 마을 돈사와 계사에서 버린 것인데 일부는 뜯어서 벽지와 천장에 바르고, 일부는 토담집 지을 때 같은 용도로 쓰거나 효소 항아리를 덮는 데 쓰려고 쌓아놓았다.

· 액체 아스팔트가 든 드럼통: 콜타르가 들어 있는 드럼통이 길가에 버려져 있어서 실어 왔는데 냉암소 문을 만드는 나무에 발랐더니 색깔이 좀 그렇기는 해도 나무가 썩지 않게 해주는 것 같다.

· 헌 신문지와 봉투들: 신문지는 벽 바르는 초배지나 아궁이 불쏘시개로 쓰고, 봉투는 씨앗을 담거나 나중에 소식지 만들어 우편으로 보낼 때 쓰려고 한다.

· 헌 비닐: 비 올 때 젖기 쉬운 것들을 덮어놓는 데 쓸모가 많다.

이 밖에 헌 문짝과 항아리와 멍석들이 있고 자질구레한 쇠토막들이 있는데, 이것 중에는 나중에 장 담그고 젓갈 담그고 흙집 지으면 쓰려고 돈을 주고 모아놓은 것이 있어서 자세한 설명은 뺀다.

새삼스러운 말이기는 하지만 자연에는 쓰레기가 없다. 사람도 자연의 일부였을 때는 쓰레기를 모르고 살았다. 그러나 자연이 숨은 주체 노릇을 하던 자연경제와 '기르는 문화'(문화를 뜻하는 서양 말 'culture'

가 '기른다, 경작한다'는 뜻을 지닌 라틴어 'colo'의 과거분사 'cultus'에서 나온 것은 우연이 아니다.)를 짓밟고 자본이 숨은 주체로서 힘을 휘두르는 상품경제와 '만드는 문명'이 우리의 삶을 지배하면서, 전 세계로 보면 지난 200년, 우리나라로 보면 지난 50년 사이에 온 세상이 쓰레기더미로 뒤덮여버렸다. 이제 도시는 더 말할 나위도 없고 농촌마저 상품경제 사회가 해마다 더 많이 쏟아내는 온갖 쓰레기로 병들어가고 있다.

현대 문명은 쓰레기 문명이라고 불러도 좋다. 상품경제 사회가 자신을 유지하기 위해 확대 재생산하는 거의 모든 상품이 인류의 지속적인 삶에 보탬이 되기는커녕 장애가 되고 있다는 점에서, 지각 있는 사람이라면 당장이라도 삶의 울타리 밖으로 내던져버려야 한다는 뜻에서도 쓰레기 문명이고, 새것이 아닌 것은 비록 어제 만든 것이라도 기능이 떨어지고 효율성이 낮고 유행에 뒤진 것이라는 관념을 심어주어 끊임없이 내다버리도록 부추긴다는 점에서도 쓰레기 문명이라고 할 수 있다. 이 쓰레기 문명에서 벗어나 건전한 문화 세계를 이루고 살려면 자연을 본떠 무엇 하나 버리지 않고 알뜰하게 챙겨 쓰다가 자연스럽게 자연으로 돌려보내는 삶의 태도와 쓰레기가 될 만한 것은 아예 만들어내지 않는 슬기가 필요하다. 그런데 지금은 한 나라의 대통령에서 구멍가게 주인까지 무한 경쟁을 앞세워 쓰레기더미 키우기 시합을 하고 있는 판이니 답답하기 짝이 없다.

이제는 자연이 길러내는 것마저 사람이 사이에 들어 쓰레기로 바꾸고 있다. 30년 전까지만 해도 논이나 밭에서 자라는 풀은 쓰레기가 아니었다. 길섶에서 자라는 풀도 논둑과 밭둑을 뒤덮고 있는 풀도 베어다 두엄을 만들면 논과 밭을 살리고 기름지게 하는 거름이 되었다. 그러나 상품경제 사회가 농촌의 젊은 노동력을 쓰레기 상품 생산에 돌리려고 온갖 수단을 동원해 공장 벽 속에 가두기 시작하면서 농촌에서는 풀을 베어 짐승에게 꼴로 먹이거나 두엄을 만들 일손이 없어져버렸다. 도시에서 대부분 쓰레기 생산에 동원되는 많은 입들을 먹여 살리려고 개량된 수확 품종(이것들은 대체로 대학 연구실이나 종묘상에서 만들어낸 인위적인 씨앗으로, 다른 풀들과 어울려 자라기에는 알맞지 않은 일대 교배종으로서 두 해째만 되어도 수확이 급격히 줄어드는 흠이 있는 것들이다.)을 심다 보니 이것들을 살려내려면 제초제를 뿌려 다른 풀들을 죽여야 하고, 농약을 쳐서 병충해로부터 보호해야 한다. 그러니 논밭에 자라는 풀들은 모두 사람 몸에 해가 되는 독을 품은 쓰레기로 바뀌고, 심지어 곡식이나 남새까지도 건강의 관점에서 보면 농약 범벅인 쓰레기 식품이 되어버렸다.

이 일을 어찌할 것인가? 어디서부터 어떻게 손을 대야 땅도 물도 바람도 심지어 햇살마저도 죽이는 이 쓰레기 문명을 '살리는 문화'로 바꿀 실마리를 찾을 수 있단 말인가. 내가 지금 살고 있는 모습, 아침 5시에 해와 함께 일어나고 저녁 8시면 해와 함께 일을 마치고, 토종 씨앗을 찾아 헤매고, 제초제와 농약, 화학비료, 그리고 항생제가 듬뿍 들어 있는 사료를 먹여 키운 돼지나 닭의 똥으로 만든 이른바 유기질 비료도 마다하여 동네 어른들에게서 하루에도 열두 번씩 제초제 뿌리지 않고 농약 치지 않아 다른 논과 밭까지 병충해 피해를 입게 한다는 온갖 핀잔을 들어가며 다른 사람들이 버린 쓰레기들을 모아 쓸모를 찾는 이 '원시적 삶의 형태'가 쓰레기 홍수를 막는 데 얼마만큼 도움이 된단 말인가.

　가끔 막막하여 여기저기 논둑과 밭둑에 모아놓고 태우는 비닐 연기로 뒤덮인 하늘을 쳐다보기도 하지만, 그동안 내가 쓰레기 문명을 뒷받침하고 스스로 쓰레기 문명의 숨은 주체인 자본의 하수인이 되어 저질러온 죗값을 치르기 위해서도 이 일을 그만둘 수 없다.

　다행히 올해는 쓰레기 대접을 받아 '잡초' 신세로 전락한 풀들, 그래서 고엽제와 성분이 같은 '그라목손'이라는 제초제의 세례를 받는 가여운 풀들을 알뜰하게 챙겨 하나도 버리지 않을 길을 찾았다. 《동의보감》, 《향약집성방》, 《동의학 대사전》, 《향약 대사전》, 《약용 식물 도감》 같은 책을 부지런히 찾아 기계로 경작할 수 없다 하여 오랫동안 묵정밭이 되었다가 내 몫이 된 밭에서 자라는 풀들의 이름과 약성들을 확인하는 작업을 시작하고, 그 작업이 조금씩 열매를 맺어 지금은 서른 가지가 넘는 '잡초' 효소, '잡초' 술이 항아리에서 익어가고 있다. 그 어느 것 하나 버릴 것 없는 약초요, 가공 방법에 따라 우리 몸을 살리는 먹을거리임에 차츰 눈뜨기 시작한 것이다.

　이 마을에 들어와 살면서 들은 말 가운데 기억에 남는 말이 있다. '5월 단오 때까지는 염소가 즐겨 뜯어먹는 풀은 사람이 먹어도 좋다.'는 옛 어른들의 말씀인데, 그 말씀에 따라 살갈퀴나 씀바귀 잎을 뜯어 쌈을 싸 먹고 칡순을 뜯어 데쳐서 먹기도 하고 …… 혀로 맛을 보아 독성이 느껴지지 않는 풀들은 이것저것 가리지 않고 먹어보았다. 먹으면서 사람의 편식 습관이 굳어져온 내력이 무엇일까를 곰곰이 생각하게 되었다. 구태여 무나 배추로만 김치를 담가 먹을 까닭이 어디 있단 말인가. 흰쌀밥만 고집하는 게 무슨 식생활의 개선이고 음식 문화를 발전시키는 길이란 말인가.

지난해 거둬낸 고구마 순을 그냥 두엄으로 썩히기에는 너무 아까워 효소를 담고, 물을 짜낸 건더기도 아까워 소주를 부었더니 온 여름 내내 아이들도 어른들도 그 효소 물로 다른 음료 대신 갈증을 식히면서 몸을 지켜낼 수 있었고, 또 손님을 맞아 뒤탈이 없는 술대접을 할 수 있었다.

이렇듯이 자연이 하는 대로 풀과 나무와 그 밖의 생명 공동체에 속하는 모든 것의 쓸모를 찾아 서로 존중하면서 서로서로 도움을 주고받는 길을 찾다 보면 교환가치가 모든 가치의 척도가 되어버린 이 메마른 세상을 사용가치가 모든 가치의 척도가 되는 넉넉한 살림터로 바꿀 길도 열리지 않을까.

아직 젊은 나이(시골에서는 이제 쉰네 살 난 내가 가장 젊은 축에 든다.)에 할 말은 아니지만 같이 사는 젊은이들에게 나 죽거든 화장할 생각도 말고 묘를 팔 생각도 말고 거적에 말아 밭에다 묻고 어디에 묻었는지 아무에게도 알리지 말라고 말한 적이 있다. 모든 생명체의 가장 자연스러운 마지막 모습은 그러한 것이라고 여겨지기 때문이다. 내가 보기에는 변산 앞바다를 가로지르는 새만금 물막이 공사도 지금 당장 그만두어야 한다. 살아 있는 개펄을 죽이고 그 위에 세울 쓰레기 문명이 우리에게 무슨 도움이 될 것인가.

좁쌀영감의 잔소리

해마다 원시림이 줄어든다. 자동차가 늘어난다. 공기 가운데 이산화탄소가 차지하는 비율이 높아진다. 기온이 높아지고 사막이 늘어난다. 가까이에는 북녘 동포가 몇 해째 굶주리고 있고, 멀리 아프리카에서는 캐먹을 풀뿌리조차 동이 나서 오늘내일 모두 죽은 목숨이다. 이 모두가 자연재해인 듯하나 사실은 그 탓이 사람에게 있다. 사람 가운데서도 잘사는 나라 잘사는 사람들 탓이다.

모든 생명체는 생명 에너지에 기대 산다. 생명 에너지를 서로 나누며 산다. 자연 상태에서 생명 에너지는 재생할 수 있고 낭비가 없다. 따라서 쓰레기를 남기지 않는다. 사람도 18세기까지는 그렇게 살아왔다. 그러나 이미 사람은 생명 에너지에 기대 살지 않는다. 물질 에너지, 그 중에서도 화석 에너지에 기대 산다. 이 에너지는 재생되지 않는다. 그뿐만 아니라 쓰이는 동안 80퍼센트 이상이 낭비된다. 낭비되는 과정에서 온갖 부작용을 낳는다.

생명 에너지는 생명력이다. 살아 있는 힘이고 살게 만드는 힘이다. 이 힘이 없으면 죽는다. 남아돌아도 이로울 게 없다. 그래서 생명체는 이 생명력을 알맞게 조절하는 법을 알고 있다. 본능으로 아는 생명체도 있고, 배워서 아는 생명체도 있다. 이와는 달리 물질 에너지는 죽은 힘이고 잠들어 있는 힘이다. 이 힘을 되살리거나 깨우려면 살아 있는 사람의 힘, 노동력, 곧 생명 에너지가 필요하다. 상품경제 사회에 접어들면서 사람들이 빚어낸 이른바 '문명의 이기'들은 생명 에너지가 물질 에너지를 이용하여 빚어낸 인공물들이다.

사람들은 석탄과 석유를 캐내고, 원자로를 건설하고, 여기서 뽑아낸 강철로 공장을 짓고 자동차를 만들고 오늘의 도시 문명을 이루었다. 그런데 화석 에너지, 물질 에너지는 제대로 조절할 수 없는 힘이다. 쓰이는 과정에서 80퍼센트 이상 낭비된다 함은, 이 에너지 가운데 조절될 수 있는 비율이 20퍼센트에 지나지 않는다는 말이다. 이 조절되지 않은 채 고삐 풀린 물질 에너지는 죽음의 힘이다. 공기에 풀리면 대기를 오염시켜 우리의 숨통을 막고, 물에 풀리면 물을 오염시켜 물고기의 등뼈를 휘어놓는다. 땅에 스미면 흙을 더럽혀서 결국에는 땅에 뿌리내린 모든 생명체를 못살게 한다. 대기의 온도를 높여서 가뭄과 홍수를 불러오고, 썩지 않는 비닐과 플라스틱 쓰레기로 곳곳에 산더미를 쌓는다.

아주 이상한 사람들이 있다. 자연에 대한 '과학적 지식'으로 무장했다고 으스대는 사람들이다. 사람들은 이들을 '자연과학자'라고 부른다. '자연과학자' 가운데 정말 '자연'을 아는 사람이 몇이나 될까? 자연의 품속에서 자란 사람이 얼마나 될까? 스스로 제 앞가림을 하고, 삶의 시간을 제 힘으로 통제하고, 실험실을 벗어나서도 자유롭게 자연의 힘을 조절할 수 있는 사람이 단 한 사람이라도 있을까?

이 '자연과학자' 가운데 새로운 변종이 생겼는데, 자기를 '생명과

학자' 라고 부르고, '생명공학' 을 전공한다고 내세우는 사람들이다. 이 사람들은 유전자를 조작할 줄 안다고 허풍을 떨기까지 한다. '자연' 을 모르기는 이 사람들도 마찬가지다. 그런데 더 고약한 것은 이 부류가 오만하기 이를 데 없다는 것이다. 붕어빵 찍어내듯이 생명체를 있는 그대로 판박이 할 수 있을 뿐만 아니라 생명체 고리를 마음대로 도려내고 오리고 붙여서 새 생명을 창조할 수 있다고 야바위 친다. 그 짓을 왜 하려고 드느냐고 물으면 식량 문제를 해결하고, 질병을 고치고 …… 온갖 미사여구를 다 늘어놓는다. 이 부류 가운데 선진국에서 태어나서 가장 잘나가는 자들은 인류를 대량 살상하는 생물학 무기를 만드는 연구소에서 일한다.

자연 속에서 살다 보면 안다. 사람 하는 짓이 좁쌀 하나보다 더 가치 있기가 얼마나 어려운지를……

비닐 이야기

비가 내리고 들일을 쉬는 틈을 타 이 이야기를 쓴다. 새해 들어 5월까지 가뭄이 들 것이라는 일기예보를 비웃기라도 하듯이 유난히 봄비가 잦다. 사실 우리 변산 식구들은 지난해부터 지금까지 틈틈이 읍내나 대처를 다녀온 때를 빼고는 신문이나 텔레비전을 보는 일이 없다. 하다못해 뉴스나 일기예보를 보기라도 해야 할 것 아니냐고 혀를 차는 분도 있지만, 뉴스라는 것이 늘 도회 사람들의 관심사로 가득 차 있다. 어쩌다 농촌 사정을 비춘다 해도 어떤 사람은 외국에서 들여온 무슨 과일을 비닐하우스에서 키워 떼돈을 벌었다더라, 또 어떤 사람은 꽃 농사를 지어 큰 소득을 올렸다더라 하는 별난 사람들의 별난 농사 소개가 대부분이라 보는 시간이 아깝기 일쑤이고, 일기예보라는 것도 미리 들어서 크게 도움을 얻는 일이 별로 없다. 올해처럼 잘못된 일기예보를 믿고 긴 가뭄을 대비해서 밭에 우물을 파고 가뭄에 견디는 작물을 심은 사람은 공연히 큰 손해를 입는 일도 종종 있으니까.

말머리가 길어졌는데 이번에는 비닐 얘기를 할까 한다. 도시에서 오래 살아온 나는 비닐 공해가 도시 사람들의 문제인 줄만 알고 있었다. 비닐봉지, 비닐 팩, 비닐 포장, 비닐끈…… 그러나 농사를 지으면서 땅을 죽이는 것은 다만 제초제나 화학비료나 농약만이 아니라는 것을 알았다. 얼마 전에 몇 년 묵혀놓은 산비탈 밭 500평을 샀는데, 땅을 소개해준 분은 밭을 묵혀두어서 아까시나무 뿌리가 온 밭을 다 얽고 있고 칡넝쿨이 그물처럼 덮고 있을 것이라고 걱정을 하셨다.

몇 해만 더 묵히면 야산으로 바뀔 것이 뻔한데도 그 밭을 그렇게 묵혀둔 것은 그럴 만한 사정이 있어서라는 것이었다. 산비탈에 있어서 경운기를 쓸 수가 없으니 쟁기로 밭을 갈고 지게로 거름이나 수확한 곡식을 날라야 하는데 일손이 없고, 있다 해도 거의 모두가 예순이 훨씬 넘은 노인네들뿐이어서 그런 밭은 가꿀 힘이 없다는 얘기다. 그래서 그런지 우리가 터 잡고 사는 이곳에도 묵정밭이 곳곳에 눈에 띈다. 개중에는 아예 가시덩굴과 칡넝쿨이 우거져 못 쓰게 된 땅도 많다. 전국 각지 어디나 마찬가지일 것이다. 이런 땅을 보면 마음이 아프지만 우리로서는 은근히 반갑기도 하다. 밭을 망치지 않으려고 공짜로 땅을 내주는 것도 반갑고, 여러 해 묵는 동안 그동안 뿌렸을지도 모르는 제초제나 화학비료나 농약의 독성이 얼추 빠져나갔을 터이니 유기농을 하려는 우리 뜻에 맞는 땅이어서도 반갑다.

이번에 산 땅 500평도 묵은 지가 꽤 여러 해 되어 소개해준 분의 걱정대로 밭이 아까시나무 뿌리와 칡넝쿨과 가시덩굴투성인지라 다시 제 모습을 찾게 하는 데 땀깨나 뺐다. 한 가지 실수한 게 있기는 하다. 아까시나무 뿌리를 뽑아내는 데 진땀을 쏟았는데, 알고 보니 아까시나무 뿌리는 공기 중의 질소를 고정시켜 땅을 다시 기름지게 한다는 것이다. 그런데 정작 더 큰 문제는 비닐이었다. 쓰다 만 비닐을 대강대강 걷어서 밭가에 쌓아놓은 것도 산더미인데 미처 걷어내지 못해서 밭에 깔린 비닐이 태산이다. 겉에만 깔린 게 아니라 밭 속에도 갈기갈기 찢어진 비닐 조각이 널려 있다. 태워도 문제이고 안 태워도 문제이다. 공기를 오염시키느냐, 땅을 오염시키느냐, 선택은 둘 가운데 하나밖에 없으니 어찌해야 할지 난감하다.

그러나 이곳에 사는 어른들은 태연하다. 대강 끌어 모아 밭둑에 쌓아놓고 불을 지르면 그만이라고 여기고 있다. 어디 그뿐인가. 농사짓는 분들의 비닐 숭배는 대단하다. 비닐을 깔지 않으면 농사를 못 짓는 줄 알고 있을 정도니까. 고추 모종을 낼 때는 검은 비닐을 땅에 씌워야 하고, 고구마 순은 흰 비닐과 검은 비닐이 반씩 줄쳐진 것을 써야 하고, 마늘밭에는 구멍이 몇 개 뚫린 비닐을 써야 하고, 더덕 씨 심는 비닐은 이렇게 생겼고, 담배밭에 까는 비닐은 저렇게 생겼고, 관리기로 비닐을 깔 때는 이렇게, 경운기로 깔 때는 저렇게……. 이렇게 해서 봄, 여름, 가을, 겨울 할 것 없이 사시장철 비닐은 온 땅을 뒤덮어 바람 불면 펄럭이고, 햇빛 나면 번쩍이고, 비 오면 후드득후드득 가랑비가 와도 소나기 소리를 낸다. 우리나라 농학자란 농학자는 죄다 비닐 농사법 개발에 몰두해 있는 것 같다.

제초제와 화학비료와 농약과 항생제 섞인 유기질 비료까지 안 쓰겠다고 고집을 피우며 농사를 짓는 우리를 보고 걱정이 되어 속으로 '농사를 짓겠다는 건지, 취미 생활을 하겠다는 건지.' 웅얼거리시는 마을 어르신들도 비닐마저 쓰지 않겠다고 하니 아예 '미친놈들'로 여기는 듯하다. 우리가 생각해도 미친 연놈들인 것 같다. 소를 앞세우고 쟁기를 지고 다니는 분도 한 해에 몇 번 만나기 힘든 시골에서 노상 지게를 지고 산비탈을 오르락내리락하니 그렇게 보일 수밖에 없다.

그래도 소득이 아예 없지는 않다. 다른 분들이 제초제와 농약으로 범벅이 된 고춧대를 밭에 세워놓은 채 겨울을 나는 동안 우리는 제초제와 농약을 쓰지 않은 고추를 따서 열심히 햇볕에 말려 '태양초'를 만들었고, 가을 서리가 내리기 전에 고춧대를 뽑아 아직 거기에 매달려 있는 풋고추들을 빙 둘러앉아 알뜰하게 따서 옛날에 빚은 숨 쉬는 항아리에 넣어 소금에 절여 간직했다가 일부는 삭인 염장 고추로 팔고, 일부는 고추김치를 담아서 팔았더니, 염장 고추와 고추김치 판 소득만 해도 300만 원이 웃돌았으니까. 더 큰 소득은 이렇게 해서 벌어들인 돈이 아니다. 죽어가던 땅을 되살려내어 살아 있는 음식을 우리 밥상에 올려서 살아 있는 우리 몸과 하나가 되게 하고, 비록 모든 이에게 고루 베풀지는 못했을망정 멀리 사는 이웃에게도 마음에 부끄럽지 않은 음식을 제공하여 '맛있다'는 칭찬을 받은 것이 더 큰 소득이다.

비가 개면 다시 지게를 지고 산길을 걸어야 한다. 이미 구해놓은 더덕 씨가 어서 땅에 묻히기를 기다리고 있으니까. 아쉬운 것은 옛날 모내기할 때 쓰던 실끈을 구할 수 없어서 눈에 띄는 비닐끈으로 밭둑과 밭고랑의 넓이를 재서 더덕밭을 일구어야 한다는 것이다. 소를 먹이고 쟁기질을 배울 때까지, 내가 소가 되고 내 손에 든 괭이와 삽이 쟁기 노릇을 하겠지.

3

이렇게 미적거리다 죽을 순 없지

마음 놓고 살 수 있는 세상

　나더러 누가 어떤 세상이 살기 좋은 세상이냐고 묻는다면 '마음 놓고 살 수 있는 세상'이라고 말하고 싶다. 마음 줄 사람도 드물고 마음 둘 곳도 만만치 않은 세상이라 마음 놓고 산다는 게 여간 어려운 일이 아니다. 그래도 시골에서 농사지으면서 여섯 해쯤 얼치기 농사꾼으로 살면서 마음 놓이는 삶의 조건이 무엇인지에 대해서는 조금씩 눈이 뜨이는 느낌이 든다.

　마음이 놓이려면 먼저 먹을 것, 입을 것, 잠자리 걱정을 덜어야 한다. 나에게는, 그리고 내가 식구로 있는 우리 공동체에는 다른 개인이나 집단에 견주어 그런 걱정이 거의 없다. 우리 먹을 곡식과 남새를 거의 돈 들이지 않고 길러내서 우리도 먹고, 일손 도우러 온 손님들도 먹이고, 그래도 남는 것은 일가친척이나 이웃에게도 나누어줄 수 있으니 목구멍이 포도청 노릇은 하지 않는다. 입을 것 걱정도 없는데, 이 이야기를 하려니 조금 뒤통수가 간지럽기는 하다. 왜냐하면 우리가 목화나 삼베나 모시를 길러서 실을 잣고 베를 짜서 이 문제를 근본적으로 해결하지 못하고 지금으로서는 편법에 기대고 있기 때문이다.

　조금 쑥스러운 고백인데 우리가 걸치고 다니는 겉옷에는 유명 상표가 붙은 것도 있고 유행의 첨단을 달리는 것도 있다. 아주 멋있는 옷들이 많다. 이 옷들은 도시 분들이 입다가 싫증이 나서 아직 멀쩡한 것을 버린 걸 주워온 것이다. 우리가 관리해주면서 빌려 쓰는 재실(조상 모시는 집) 뒷마루에 이런 옷들이 즐비하게 걸려 있어서 철따라 마음 놓고 골라 입을 수 있다. 지금 시험 삼아 목화와 모시를 기르고 있으니 도시 아파트 단지 분리수거 쓰레기통에 옷가지가 버려지지 않는 때가 오면 언젠가 우리 손으로 옷을 지어 입을 필요가 있을 것이다.

잠자리 문제는? 아직은 크게 걱정이 없다. 도시로 떠나는 분들이 비워놓은 집들이 많은데, 다행히 지은 지 오래된 집들이어서 방마다 구들이 놓여 있다. 근처 산에는 불을 지피고 구들을 덥힐 삭정이가 지천이다. 식구가 늘어 새로 집을 지어야 할 때가 오면, 돈 안 들이고 집 짓는 방법을 열심히 익혀가고 있으니, 우리 손으로 지으면 된다.

마음 놓이지 않는 일이 어찌 먹고사는 문제만 있겠느냐고? 맞는 말이다. 자식들 기르고 가르치는 일, 나이가 차면 짝 지어주는 일, 이웃과 더불어 웃는 낯으로 살아내는 일 …… 생각하면 마음 쓰고 마음 졸여야 할 일이 어디 한두 가지인가? 그런데 그게 그렇다. 시골에서 살다 보니 개, 돼지 같은 집짐승만 빼고는 다 저절로 자란다. 소도 닭도 풀어놓으면 저절로 자라기는 마찬가지다. 저절로 자라는 힘이 없으면 그 많은 생명체가 무슨 재주로 살아남겠는가. 아이들도 자연 속에서는 저절로 자란다. 그게 눈에 보인다.

가르치는 일도 그렇다. 그게 따지고 보면 제 앞가림할 힘을 길러주는 일이 아닌가? 제 앞가림을 하지 못하는 생명체는 살아남을 길이 없는데, 사람은 다른 많은 생명체와는 달리 저절로 제 앞가림을 하며 살 수 있게 타고나지 못했으니 배우고 가르쳐야 한다. 그런데 그 일도 시골에서는 자연스럽게 이루어진다. 작은 선생님 노릇은 사람이 맡지만 큰 선생님은 자연의 몫이다. 한 철 한 철 접어들면서 철이 들고, 한 철 한 철 나면서 철이 나는 게 자연의 시간, 생명의 시간 속에서 어린 애들이 자라 제 앞가림을 할 나이가 되는 과정이다.

물론 어른들 말씀을 귀담아듣고, 하는 일을 거들거나 옆에서 지켜보면서 배우는 것도 빼놓을 수 없는 과정이다. 사람 어른에게 맡겨진 더 큰 짐은 이웃과 더불어 사이좋게 살아갈 힘을 어릴 적부터 길러주는 일이다. 개인의 사생활 보호니 개성 존중이니 말들이 많지만, 그것도 다 공동체의 틀이 깨지지 않는다는 전제에서 하는 말이다. 개미나 벌이 그렇듯이, 사람도 혼자서는 살아남을 수 없는 생명체이지 않은가? 함께 살 길이 없으면 혼자 살 길은 더더구나 없는 게 사람으로 살아남는 기본 조건이다. 서로 살리지 못하면 같이 죽는다. 이걸 유식한 말로 '상생 아니면 공멸'이라고 하던가?

어찌 한 집안이나 동네만 그러겠는가. 나라도 마찬가지고 인류도 마찬가지다. 우리는 공동체니까, 함께 일하고 미운 정 고운 정 쌓아가면서 서로 돕지 않으면 살아남을 수 없는 삶의 길을 택한 사람들이 모였으니까, 잘나고 못나고, 몸과 마음이 성하건 성치 않건 가리지 않고 살아가니까, 경쟁에서 이겨야만 살아남을 수 있다는 말도 안 되는 소리를 듣고 살지 않아도 될 곳을 찾다가 하나 둘 여기 모인 사람들이니까. 세상 때가 묻어 어른들 사이에서는 티격태격 싸우는 일이 없지 않지만, 여기서 태어나 자라는 아이들은 더불어 살아가는 힘을 크게 힘들이지 않고도 기를 수 있을 것 같다. 경쟁이 판치는 세상에서는 아무도 마음 놓고 살 수 없다.

내친김에 짝짓기 이야기도 짚고 넘어가야겠다. 손꼽아보니 우리 공동체에 들어와서 짝짓기를 한 사람들이 열한 쌍이나 된다. 여기에서는 짝짓기가 그렇게 번거롭지 않다. 맞선을 보고, 재고 따지고, 학력이나 경력 들추고, 그런 절차가 일절 없다. 어차피 농사지으러 온 사람들이고, 소망이 있다면 어서 빨리 한몫할 수 있는 농사꾼으로 몸도 마음도 바뀌는 것이 소망이니까, 그리고 시골에서 살다 보면 여자 할 일 따로 있고 남자 할 일 따로 있다는 게 몸으로 느껴지니까, 여자 없으면 남자도 살 수 없고, 남자 없으면 여자도 살기 힘들다는 걸 한두해 살다 보면 다 깨닫게 된다. 이를테면 남자들은 여자들만큼 밭일을 잘하지 못한다. 남자들은 발달이 안 된 자기 골반으로 탓을 돌리지만 끈기가 떨어진다. 그 대신에 쟁기질이나 낫질, 논에서 지심 매는 일들은 여자들이 훨씬 힘들어한다. 그러니까 함께 살아야 상생의 효과가 커진다. 그래서 짝짓기가 자연스럽게 이루어진다.

가끔 내가 농담 삼아 총각들에게 하는 이야기가 있다. "조선시대에 정승 벼슬을 지낸 오성 이항복이 마누라 고르는 법을 소장수한테서 배웠다는데, 소장수가 소를 고를 때 암소의 경우에 입을 벌려 이빨을 살펴보고, 다음에 엉덩이를 두들겨보고, 그 다음에는 젖을 만져본다. 이가 튼튼해야 음식을 잘 씹어서 건강한 체력을 유지할 수 있고, 엉덩이가 펑퍼짐해야 새끼를 잘 낳고, 젖이 잘 나와야 새끼를 잘 기를 수 있기 때문이다. 마누라 고를 때 참고해라. 알았느뇨?"

돈을 많이 쌓아놓으면 마음이 놓이지 않겠느냐는 터무니없는 미신에 사로잡힌 사람들을 보는데, 나는 여태껏 돈 많은 사람 치고 발 뻗고 편히 잠드는 사람을 보지 못했다. 이 세상이 아무도 마음 놓고 살 수 없는 세상으로 바뀐 것은 돈에 대한 집착 때문이다. 돈과 범죄는 한 배에서 태어난 쌍둥이라는 말이 틀린 말은 아니다. 누구도 돈 때문에 설움 받지 않는 세상–이것도 마음 놓고 살 수 있는 세상의 한 조건이다.

막다른 골목에 서서

'막장' 이라는 말이 있다. 더 내려가려야 내려갈 길도 없는 삶의 맨 밑바닥이라는 뜻이 있는 말이다. 내가 알기로 이 말은 탄광과 관련이 있다. 땅속으로, 땅속으로 내려가 허리도 펴지 못하고 마주 대해야 하는 막다른 골목에 있는 석탄 먼지 가득한 바람벽. 곡괭이 대고 벽을 허물어 광석을 캐내다 언제 천장이 무너져 압사할지 모르는 곳. 시골 오두막에서도, 도시 달동네에서도 살기 힘든 사람들이 마지막 의지처로 여기는 곳.

왜 이런 불길하고 방정맞은 생각이 들까, 우리가 사는 현대사회가 문명의 막장에 들어섰다는. 첨단 의료기기가 하루가 다르게 발명되고, 유전자공학이 날이 갈수록 발달해 사람이 돼지 심장, 돼지 창자, 돼지 콩팥으로 내장을 갈아치울 날이 멀지 않았고, 그렇게 되면 평균수명이 150세는 될 때가 코앞에 닥쳤다는 '멋진 새 세상' 의 꿈이 무르익고 있는 판에.

《거꾸로 사는 재미》라는 책을 쓰신 분이 돌아가신 이오덕 선생님이셨던가? '과거' 를 '오래된 미래' 라고 바꿔 쓴 사람은 누구였던가? 더 내려갈 데가 없는 사람이 되돌아서서 발길을 옮긴다면 그건 위로 거슬러 오르는 길일 것이다. 상승이고 진보일 것이다. 막다른 골목에서 벗어나는 길일 것이다. 우리가 맞부딪친 곳이 문명의 막장이라면, 그래서 과감하게 거기에서 등을 돌릴 수 있다면, 우리가 가는 길은, 그렇다, 맞다, 과거로 돌아가는 것이다. 왜 그래야 하는가? 막장에 이르지 않는 문명의 길이 따로 있다면 그 길로 가는 게 더 좋은 것이잖은가? 하기야 그렇다. 사람살이만 떼놓고 본다면 과거가 좋을 게 없다. 왕후장상이나 지배계급으로 태어나 핏줄 팔아 떵떵거리면서 살지 못할 바에야 그 끔찍한 종살이를 어떻게 견디겠는가.

그런데, 그런데 말이다. 좋은 음식, 건강을 지켜주는 곡식과 남새를 찾는 사람들이 있지 않은가. 땅도 살리고, 덩달아 사람도 살리자는 뜻을 지닌 사람들이 있고, 그 사람들을 도와 더불어 건강하게 살 수 있는 세상을 만들자는 운동에 동참하는 사람들도 있다. 도시의 녹색가게 같은 곳이 그런 뜻으로 유기농산물을 도시 사람들에게 공급하고 있을 것이다. 우리 같은 사람들은 그런 뜻으로 농약도, 제초제도, 화학비료도 마다하고 고집스럽게 내 손으로 퇴비 만들어 쓰고, 소한테까지 사료를 사 먹이는 대신에 여름에는 꼴 베어다주고 겨울에는 여물 쑤어주느라고 정신없이 손발 놀릴 수밖에 없는 것이다.

그런데 이게 나 어렸을 적에, 50년도 더 전에 우리 아버지, 할아버지들이 먹었던 음식, 우리 할아버지, 그 할아버지들이 농사짓던 방법 그대로이다. 그렇다면 사람과 자연 관계에서는 과거로 돌아가는 게, 화석 에너지나 핵에너지에 기대지 말고, 재생 가능하고 쓰레기가 하나도 생겨나지 않는 생체 에너지를 써서 사는 게 땅도, 물도, 공기도, 사람도, 또 그 밖의 많은 다른 생명체도 온전하게 살아남는 유일한 일이라는 뜻 아닌가?

어쨌거나 현재 변산 공동체 식구들이 바라는 세상은 돈 없이도 살 수 있는 세상, 석탄·석유·핵연료 같은 화석 에너지나 폭발 에너지에 기대지 않고 사람 손이나 가축 같은 생체 에너지를 이용해서 땔감도 마련하고 논밭도 가는, 그런 꿈같은 세상이다. 그럴 수밖에 없는 게, 여태껏 시골 사람들은 수천 년을 두고 돈이 뭔지 모르고도 이럭저럭 살아왔고, 돈 모르고 살아왔다고 특별히 불행감에 젖지도 않았다. 게다가 시골 사람들이 언제 돈벼락 맞을 일이 있던가. 늘 돈은 소수의 손에 집중되고, 돈 놓고 돈 먹는 세상에서 늘 돈 많은 사람에게 모든 돈이 돌아가게 마련이 아니던가.

요즈음 변산 공동체는 옛 세상 만들기 작업이 한창이다. 내 손으로 가구 만들려고 목공실도 짓고 있고, 내 손으로 농사 연장 벼리려고 대장간도 짓고 있고, 내 손으로 그릇 빚으려고 도자기 물레 돌릴 곳의 터도 닦고 있다. 멀지 않은 개펄에 나가 바지락 캐고 굴 따면 반찬거리 넉넉해지고, 뒷산에 올라가 갈퀴로 솔잎 긁으면 한나절 만에 한 달 땔 불쏘시개가 마련된다. 날씨가 쌀쌀하면 장작 패서 몸 데우고, 날씨가 후텁지근하면 냇가에 나가 멱 감는다. 요즈음에는 냉이가 지천이고, 며칠 더 있으면 앙증맞은 쑥이 '나 잡수어주.' 하고 올라올 것이다.

일하느라 화끈해진 몸을 식히는 데는 막걸리가 제격이다. 괴테가 그런 말을 남겼다던가? "눈물 젖은 빵을 먹어보지 못한 사람은 사는 맛을 모른다." 나도 한마디 남겨보자. "땀 흘려 일해보지 못한 사람은 막걸리 맛을 모른다."

오늘도 참 행복한 날이다. 오전에는 산에 올라가 커다란 마대로 솔잎을 네 마대나 꾹꾹 눌러 담을 수 있을 만큼 손에 땀나게 갈퀴질해서 군불 때는 아궁이 네 개에 하나씩 부려놓고, 막걸리 한 잔. 밥 먹고 낮잠 한숨. 그리고 날씨가 쌀쌀한 저녁 무렵을 타서 장작 패다 또 막걸리 한 잔. 저녁 먹으면서 서너 살짜리 우리 공동체 애들인 미로, 가을이, 진희, 마루랑 시시덕거리다 환한 반달이 비추어주는 고샅길 따라 내 방으로 와서 이 글을 쓰고 있다.

제비의 속도와 날벌레의 속도

이제 제비들이 강남으로 떠날 때가 되었다. 우리 마을이 그래도 아직 청정한 곳이어서 그런지 제비들이 드물지 않게 눈에 띈다. 우리 식구들이 사는 집에도 제비가 둥지를 튼 처마 밑이 세 군데나 된다.

흐린 날 제비들이 낮게 나는 것은 먹이들이 낮게 날기 때문이라는 것도 여기 와서 알았다. 처음에 제비들이 어떻게 날벌레들을 공중에서 그렇게 잽싸게 잘 잡을까 신기하게 여긴 적이 있다. 요즈음 들어 그 수수께끼가 풀렸다. 이치는 간단하다. 이를테면 고속도로에서 속도가 느린 차를 빠른 차가 추월하는 현상을 떠올리면 된다. 차선을 달리해서 달리는 두 차의 속도가 다르면 어느 한순간, 아주 짧은 순간이기는 하지만, 나란히 있는, 그래서 두 차 다 멈추어 있는 듯이 보이는 순간이 있다. 제비가 날벌레를 입에 넣는 순간이 바로 그 순간이다. 속도가 빠른 제비가 느린 날벌레를 정지(?)시켜 안전하게 입에 넣는 것이다.

내가 이 이야기를 하는 까닭이 있다. 모든 것이 빨라지고 있다. '더 빨리, 더 멀리, 더 높이.' 이것은 이미 육상경기 구호만이 아니다. 뜀박질을 해도 살 수 없다 여겨 차에 몸을 싣고 고속도로를 누빈다. 손이 너무 작고 느리다 하여 굴삭기와 타워크레인으로 땅을 파고 물건을 들어올린다. 머리도 어찌나 빨리 돌려야 하는지 그러다 아주 돌아버리는 사람이 하루가 다르게 늘어간다. 돈은 분과 초 단위로 온 세상을 하루에도 몇십 바퀴, 몇백 바퀴 휘젓고 다닌다. 무한 경쟁이 무한속도를 동경하게 만든다. 제비와 날벌레의 예에서 보듯이, 속력이 빠른 놈은 느린 놈을 꼼짝 못하게 잡아서 먹이로 삼을 수 있다. '얼른 따라잡고, 얼른 먹어치우고, 다른 놈이 나를 따라잡아 먹어치우지 못하게 성큼 앞장서자.' 세상이 이렇게 돌아가는 듯싶다.

어떤 것이 빨리 움직이면 그것은 자기보다 더 느리게 움직이는 것을 고정시킬 수 있다. 어려운 말, 유식한 말로 '공간화' 시킬 수 있다. '공간화된다'는 말은 '운동성을 잃는다'는 말과 같다. 공간화되는 것은 모두 조만간 등질화한다. 등질화하면 질의 차이가 없기 때문에 양만이 문제된다. 그리고 양은 모두 헤아릴 수 있다. 그래서 잘사는 사람, 있는 사람은 돈 많은 사람을 가리키는 말이 되고, 못사는 사람, 없는 사람은 돈에 쪼들리는 사람이 되어버린다. 행복과 불행은 모두 돈에 매인다.

그러나 생명체의 특성은 움직임에 있다. 서로 질이 다른 움직임이 서로 다른 생명체의 특성을 이룬다. 생명의 세계를 기계의 세계로 바꾸고 그 기계의 동력원을 독점하려는 사람들이 이 세상을 지배하고 있다. 그러나 이렇게 해서 사람과 사람을 둘러싸고 있는 생명계가 기계화된 세상에서는 아무도, 심지어 세계 지배를 꿈꾸는 사람마저 살아남을 수 없다.

속도를 늦추어야 한다. 두 발로 걷고 작은 손으로 일해서 사는 것이 사람의 본디 모습이라고 할 수 있다. 만일 빨리 달려야 살아남을 수 있었다면 사람은 두 발로 걷지 않고 네 굽으로 뛰는 모습으로 태어났을 것이다. 멀리 훨훨 날아다녀야 더 잘 살 수 있었다면 날개를 달고 알에서 깨어났을 것이다. 사람의 몸이 왜 이렇게 빚어졌는지, 왜 스스로를 이렇게 가꾸어왔는지 곰곰 생각해볼 때가 되었다.

호미로 감자밭 풀을 맨다. 내 손도 몸도 아주 느릿느릿 움직인다. 그 느린 움직임 속에서 나를 둘러싼 온갖 생명체가 모두 살아 숨 쉬고 움직이는 모습을 본다. 그리고 그것을 보면서 내 안에서 무엇인가 되살아남을 느낀다. 이런 느낌이 나에게 기쁨을 주고 고마운 마음을 불러일으킨다.

늙은 자식 업고 살기

곧 고추 모종을 해야 한다. 근처에서 유기농을 하는 분에게 씨앗을 구했다. 고추 모종을 빨리 한 분들은 벌써 비닐하우스 안에서 키운 모종을 다시 모판에 옮겨 심었다. 남보다 먼저 키워 빨리 시장에 내놓아야 제값을 받을 수 있다고 여기기 때문이다. 경쟁 사회가 되다 보니 시골에서 농사짓는 분들도 이렇게 철을 앞당기려고 기를 쓴다. 무리를 하다 보니 모판에 전선을 깔아 지열을 높이고, 비닐을 이중으로 깔아 길러내야 한다. 봄볕이 땅을 녹여주기를 기다릴 틈이 없는 것이다.

도시에서 아이들을 기르는 부모님 심정도 마찬가지겠지. 조기교육, 영재교육을 시켜 어서어서 아이가 똑똑하게 커서 좋은 학교를 나오고 잘 살기를 바라는 마음을 이해할 수 있다. 자식 잘되기를 바라는 부모 마음만큼 아름다운 마음도 없다. 살아 숨 쉬는 모든 생명체는 너나없이 후손을 끔찍이 위한다. 그러나 자식교육에 그처럼 힘을 쏟는 생명체는 사람밖에 없다. 당연한 일이지. 떡갈나무는 땅에다 도토리를 떨어뜨리는 것으로 부모의 의무를 다 하는 셈이다. 닭은 알을 품어 병아리가 태어나게만 돌보면 그만이다. 나머지는 새끼들이 다 알아서 한다. 타고난 본능에 의지해 후손들은 저마다 저 살길을 찾으니까.

그러나 사람의 아이는 배워야 살 수 있다. 잘 배워야 잘 살 수 있다. 그런데 요즈음 교육은 아이들에게 살아가는 데 꼭 필요한 교육은 뒷전에 미루고 배워도 그만 안 배워도 그만인 것들을 더 열심히 가르치는 것 같다. 어려서 아이들에게 걸음마를 가르치거나 말하기를 가르치는 것은 꼭 필요하다. 그러나 학교도 들어가지 않은 아이에게 쓰기와 읽기를 가르치고 셈을 가르치는 것은 아이에게 해롭다. 마치 벼 모가지를 뽑아놓고 빨리 자라기를 바라는 것이나 마찬가지다.

비닐하우스에서 자라는 고추 모종을 보면서 딱한 생각이 들었다. 저렇게 키운 고추는 스스로 자기를 지키는 힘이 없어서 평생 동안 농부의 보살핌 속에서 비닐하우스 신세를 면하지 못하겠구나 하는 생각 말이다. 고추 농사는 한 해 농사니까 그럴 수도 있을 것이다. 그러나 사람의 경우는 다르다. 아이를 부모가 평생 동안 돌볼 길이 없으니까. 그런데도 마치 아이가 늙어죽는 날까지 돌볼 수 있다는 듯이 아이를 지나치게 감싸고돌아 결국에는 그 아이가 혼자서 살아갈 힘마저도 빼앗는 듯이 보이는 부모님이 주변에 적지 않게 눈에 띈다.

자녀의 양육과 교육에는 다 같이 '기른다(育)'는 뜻이 담겨 있다. 기르는 일은 만드는 일과는 다르다. 인격, 사람다운 모습은 길러지는 것, 양성되는 것이지, 빚어지는 것, 형성되는 것이 아니다. 그러나 도시 생활을 오래 하다 보면 도시 안에서는 모든 것이 만들어지니까 자녀들도 길러지는 것이 아니라 만들어진다고 생각하기 쉽다. 요즈음에는 시골에서도 생명체가 자라는 때를 기다리지 못하는 성급한 농사꾼이 늘고 있지만, 그래도 생산 공동체인 농촌에서는 인공으로 길러내는 것들조차 '만듦'보다는 '기름'이 더 중요함을 일깨워주는 환경 요소가 많아서 다행이다.

교실에서 열심히 구구단을 외우는 것보다 산이나 들판에 나가 새롭게 싹터 오르는 풀과 나무들을 보는 것이 훨씬 더 아이들 교육에 도움이 될 수도 있다는 사실을 깨우친 부모가 많았으면 한다.

까막눈의 넋두리

풋내기 농사꾼인 내 눈에는 아직 곡식이 아니거나 채소가 아닌 풀은 모두 잡초로만 보인다. 그래서 웃지 못할 실수를 저지르는 일이 자주 생긴다. 마늘을 심었는데 지난 2월부터 마늘밭에서 '잡초'가 움돋기 시작했다. 그래서 부랴부랴 왕겨를 깔았다. 꽤 두툼하게. 그렇게 깔아놓으면 햇볕을 받지 못하니 그놈들이 자라지 못하고 시들어버릴 줄만 알고. 그런데 웬걸, 소용이 없었다. 그 두터운 왕겨 더미를 뚫고 마늘보다 잡초들이 더 무성하게 자라는 거다. 자세히 보니 그 '잡초'들은 두 종류였다. 까딱하면 마늘 농사 아닌 잡초 농사를 짓겠다 싶어서 뽑아내야겠다는 마음은 급한데 시간이 없어 차일피일 미루다 보니 결국 마늘밭인지 잡초밭인지 모를 지경이 되었다. 더 두면 큰일 날 것 같아 뽑기 시작했다. 뽑고 보니 '잡초'가 산더미 같았다.

그런데 나중에야 알고 보니 그 풀들이 예사 잡초가 아니었다. 하나는 별꽃나물이고 또 하나는 광대나물이었다. 모두 맛있는 나물이자 약초였다. 그걸 모르고 심지 않은 것이라 하여 잡초로만 알아 함부로 뽑아 썩혀버렸으니 굴러온 복을 걷어찬 셈이 되었다. 농사짓는 꼴이 이렇다. 이러면서도 딴에는 '자연은 아이들의 가장 큰 스승이다.'라

고 뇌까리며, 아이들에게 산살림, 들살림, 갯살림의 소중함을 일깨우
자는 뜻을 세우고 '공동체'니 '실험학교'니 하고 있으니 지나가던 소
가 웃을 일이다.

농사일에만 까막눈이 아니다. 산에 가도, 갯가에 나가도 깜깜하기
는 마찬가지다. 담치와 홍합을 가려볼 줄 몰라서 도시에서 온 아이들
에게 담치를 가리키며 "이것이 홍합 새끼란다." 하고 으스댔는가 하
면 파래와 청각과 모자반을 구별하지 못하고 "파래에도 여러 종류가
있단다." 하기 일쑤였다. 그러니 김과 우뭇가사리 정도는 생김새가
워낙 다르니까 어렴풋이 가려볼 줄 알지만 감태나 염주말에 이르면
그냥 '바다풀'이다. 개펄에 구멍들이 수없이 많은데 이건 대합 구멍
이다, 이건 바지락 구멍이다 가려보기는커녕 게 구멍과 조개류 구멍
도 구별 못하는 형편이다. 갯가에 가면 발발거리는 그 흔한 갯강구조
차 이름을 안 지 며칠 안 되니 말 다 한 셈이다.

기왕 얘기 나온 김에 하나 더 털어놓자. 그 많은 나무 이름을 어찌
다 기억할 수 있을까마는 그래도 시골에서 자란 사람은 적어도 느티
나무와 팽나무는 구별할 줄 안다. 마을 앞 동구 밖에 서 있는 당산나
무가 느티나무 아니면 팽나무니까. 내가 아이들 여름학교 터로 구한
산골짜기에도 우람한 당산나무가 하나 서 있다. 이 동네 칠팔십 되신
어르신들의 증조할아버지 때부터 그 나무 그늘에서 놀던 추억담이 전
해오니 몇백 년은 좋이 되었을 나무이다. 그 오랜 세월을 살아왔는데
도 온전하게 아름다운 모습을 지니고 있어서 요즈음 들어 내가 신령
님으로 모시는 나무인데 어느 분이 이름을 물었다. 태연히 '느티나
무'라고 대답했다. 그런데 곁에 있던 젊은이가 씩 웃더니 "선생님, 이

나무는 느티나무가 아니라 팽나무구먼요." 한다.

자, 이쯤 되면 참 큰일 났다. 올 여름에는 자연으로부터 가르침을 받고자 엄마, 아빠 손을 잡고 찾아오겠다고 벼르는 아이들이 한두 명이 아닌데 그 아이들이 산에서 자라는 이 나무, 저 나무, 길섶에 피어 있는 이 들꽃, 저 들꽃, 갯가에서 발발거리거나 바위에 붙어 있는 이런저런 바닷가 생물들을 가리키며 "이게 뭐예요?" 하고 물으면 무어라고 대답하지? 에구, 낯 뜨거워! 여기저기 부탁해서 수목 도감, 야생화 도감, 자원식물 도감, 버섯 도감, 조류 도감, 해양 생물학 관계 책자 …… 해서 잔뜩 쌓아놓았지만 우리나라에서 나온 이 도감들이란 게 모두 사진으로 된 것이어서 아무리 들여다보아도 이 나무가 저 나무 같고, 이 풀이 저 풀하고 어떻게 다른지 알 수 없는 게 태반이다.

사진이야 거울 못지않게 정직한 건데 사진을 탈 잡아 까탈을 부리면 어떻게 하느냐고? 하기야 그렇게 생각하실 분들이 많을 것이다. 사진도 사진 나름이라는 말은 않겠다. 왜냐하면 사진기도, 필름도, 또 사진 찍는 솜씨도 어지간히 좋아져서, 또 원색 인쇄 기술도 그만하면 어디 내놓아도 빠지지 않을 만큼 발달해 있어서 이 사진이 어떻고 저 사진이 어떻다고 탈 잡을 건더기는 없으니까.

그러나 사진에는 생명체를 재현하는 데 어쩔 수 없는 큰 한계가 있다. 물론 사진은 정직하다. 그러나 정직함은 기계가 지닌 정직함이지 그 이상은 아니다. 기계 눈인 카메라 렌즈는 살아 있는 사람의 눈과는 달리 관심에 따라 개체만 도려내보는 힘이 없다. 따라서 자연 상태에서 생명체를 사진기에 담을 때 사진에 꼭 필요한 부분만 나오지는 않는다. 간단히 말해서 쓸데없는 배경까지 덩달아 찍힌다는 거다. 배경이 없어야 개체가 또렷이 드러날 텐데 사진으로 된 도감 치고 이 한계를 극복한 것이 하나도 없다. 날고 기는 사진 기술을 가지고 있어도 이 한계는 극복될 수 없다.

사진으로 된 도감이 가진 한계가 하나 더 있다. 생명체를 가까이서 찍을 경우에 예외는 있지만 대부분 초점이 고르지 않다. 살아 있는 사람 눈은 개체를 볼 때 끊임없이 초점을 움직여서 전체를 선명하게 볼 수 있는데, 기계 눈인 카메라 렌즈는 초점이 고정되어 있어서 어느 한 곳에 초점을 맞추면 나머지는 초점거리에서 벗어나 뿌옇게 흐려진다. 사진이 지닌 이런 한계 때문에 사진 도감은 안 된다. 제대로 도감을 만들려면 모든 생명체를 하나하나 세밀화로 그려야 한다. 그런데 세밀화로 강아지풀 하나 정교하게 그려내는 데는 우리나라에서 그 방면에 가장 뛰어난 화가라도 자그마치 3주일이나 걸리는 것을 직접 옆에서 지켜보았다.

아무튼 '서툰 목수 연장 나무라기' 식으로 투정만 부리고 있을 수는 없는데, 자연 경관을 보고 아름답다고 감탄하고 서 있다고 해서 자연에서 무얼 배울 수 있는 것은 아닌데, 온전한 길잡이가 있어야 하는데, 큰일은 큰일이다. 그 많은 생명체를 하나하나 애정 어린 눈길로 관찰하고, 코로 냄새 맡고, 혀로 맛보고, 일일이 먹어보아 약초와 독초를 가리고 조리법을 개발해낸 우리 조상들이 요즈음처럼 위대해 보인 적이 없다. 엄두가 안 난다고 해서 그냥 주저앉을 수야 없지. 꺼내 놓은 이야기가 있는데, 그것이 허풍으로 끝나지 않으려면 지금부터라도 자꾸 묻고 배워야겠다. 학문이 별건가? '배우고 묻고(學問)' 하는 것이 학문인데. 그동안 진짜 학문에는 게으르고 시답지 않은 관념놀이에만 정신이 팔려 오랜 세월 허송해온 것이 무척 후회스럽다.

우리 아이들만은 나처럼 자연에 까막눈이 되지 않도록 올바로 이끌고 싶다. 자연이란 그저 아름다운 경치가 아니라 생명체들이 자라고 열매 맺고 뛰노는 커다란 삶터이고, 사람도 생명계의 한 구성원인 만큼 이 커다란 생명 공동체에서 그야말로 '한살림'을 하지 못하면 제대로 살아남을 수 없다고 여기기 때문이다.

'자연의 아들'과 '사람의 아들'

《실험학교 이야기》를 읽고서 '학교'라는 말이 주는 연상 작용 탓인지 "학교를 언제 짓느냐? 초등학교를 짓느냐, 중등학교를 짓느냐? 학교 부지는 얼마나 되고 시설은 어떻게 꾸밀 것이냐?" 하고 묻는 사람들이 많다. 이런 분들에게 "실험학교는 학교 건물도, 운동장도 따로 없다. 산과 들, 바다가 모두 학교이자 운동장이고 실험실이다. 그리고 특별 활동이나 국어, 수학, 자연, 음악, 미술, 체육 같은 기존 교과 과정에 포함된 모든 공부가 통합된 형태로 이루어진다. 여기서는 거의 모든 교과 과정이 초등과 중등을 나누지 않고 이루어질 것이다."라고 이야기하면 좀 어리벙벙한 느낌이 드는 모양이다. 당연한 일이다. 왜냐하면 이제까지 학교라는 제도화된 기관은 으레 건물과 설비, 운동장, 자격증 있는 교사, 나이에 따라 학년을 구분해서 그에 따른 단계적 학습 과정을 거치게 하는 곳이라고 생각해왔기 때문이다.

그러나 학교가 오늘날처럼 제도화된 것은 그리 오래전이 아니다. 우리나라의 경우로 한정하면 근대식 학교교육의 역사는 100년 정도이고, 이 학교교육이 자리 잡은 시기는 50년 안팎이라고 볼 수 있다. 그렇다면 학교교육이 있기 전에 '학교'와 같은 기능을 맡은 기관이나 사람은 없었을까? 이 말에 언뜻 "물론 그런 것이 있었지요. 서당이 있었고 그 서당에서 훈장이 한문을 가르치지 않았습니까?" 하고 대답할 분도 있을 것이다. 이 대답이 틀린 것은 아니다. 그러나 서당은 보편 교육이 이루어진 곳도 아니었고, 훈장이 맡은 일도 요즈음 교사가 감당하는 몫과는 사뭇 달랐다.

사람이라는 동물이 이 지구 위에서 살아남기 위한 양육과 교육은 사람이 지구에 뿌리내리고 산 태곳적부터 오늘에 이르기까지 줄곧 있어왔고, 앞으로도 있어야 할 피할 수 없는 생존 조건이다. 따로 후손에게 교육을 베풀지 않는 생명체는 헤아릴 수 없이 많다. 심지어 양육에 관심을 갖지 않는 생명체도 부지기수이다. 말하자면 많은 생명체는 태어나자마자 제 앞가림을 제 힘으로 할 능력을 지니고 태어나므로 따로 양육 과정이 필요 없다. 개구리는 알을 낳고 그 위에 정액을 뿌려 수정시키는 것으로 부모의 의무를 끝낸다. 교육도 마찬가지다. 병아리는 먹을 것과 먹지 못할 것을 가리는 법을 어미 닭에게 따로 배우지 않는다. 도토리는 따로 양육과 교육이 없어도 일정한 조건이 갖추어지면 떡갈나무로 자란다. 식물이나 곤충이나 물고기를 비롯한 거의 모든 생명체에게 양육과 교육은 개체로 태어나기 전에 이미 유전인자 속에 정보의 형태로 주어진다.

그러나 사람의 새끼들은 태어나자마자 제 힘으로 제 앞가림을 할 자족적인 개체로 설 수 없다. 양육과 교육 프로그램이 유전 정보의 형태로 사람의 몸과 머릿속에 미리 입력되어 있지 않기 때문이다. 따라서 사람이 살아남으려면 반드시 일정한 기간 동안은 기르는 과정이 필요하고, 걸음마에서부터 말하기, 사람과 여러 사물들의 낯익히기

따위를 배워야 한다.

이처럼 교육은 인간에게 사람답게 살기 위한 불가피한 과정이고, 이에 따라 언제, 어느 곳에서 살든지 모든 부모는 자녀교육에 온갖 힘을 다 쏟아왔다. 그러나 자녀교육을 전담하는 기구가 생기고 교육 전문가들이 나타난 시기는 비교적 짧아서 오늘날 우리가 보는 학교가 보편화된 것은 200년도 채 안 된다. 그동안 학교교육은 산업사회의 성장, 자본주의 시장경제의 확대, 종교와 이념의 전파를 위해 크게 기여해온 측면이 있다.

그렇지만 어떻게 처신해야 이웃과 편한 관계를 유지하면서 삶의 질을 높이는 데 기여할 수 있는지, 무엇을 어떻게 기르고 생산해내야 잘 먹고 잘 입고 잘 살 수 있는지, 우리 감각을 어떻게 개발해야 외부의 자연과 우리 안에 있는 자연(본성) 사이에 올바른 소통이 이루어질 수 있는지, 우리의 인지 능력은 어떤 학습을 거쳐야 지속적으로 커나가고 강해질 수 있는지, 어떻게 살면 우리의 소질이 노래로, 그림으로, 춤으로, 글로, 기술이나 예술의 성과로 싱그럽게 꽃피어날 수 있는지, 과거와 현재와 미래가 연속된 흐름으로 자연스럽게 이어질 때 우리의 삶이 충만할 수 있다면 자연 속에서 과거와 현재와 미래는 어떤 연관 아래 파악되고 보존되어야 하는지, 그리고 인간 사회에서 과거 세대와 현재 세대와 미래 세대의 관계는 어떠해야 하는지……. 이런 문제들에 대한 진지한 모색은 '학교'라는 제도교육의 틀 안에서 거의 이루어질 수 없었거니와 이루진다 해도 겉핥기로 스치고 말 뿐이었다.

이것은 제도교육을 담당하는 사람의 잘못이나 운영 잘못으로 생겨난 문제만은 아니다. 근본 문제는 '학교'라는 기구가 자연과 삶터에

서 동떨어져 실험실 형태로 유지되어온 데 있다. 인류가 수렵과 채취
경제의 단계를 거쳐 사육과 재배가 중심이 되는 농업경제로 들어와서
도 이런 문제는 생겨나지 않았다. 농업은 '기르기'가 중심이 되는 삶
의 길이다. 먹이와 옷, 집의 원료가 되는 풀과 나무, 그리고 짐승들을
길들이고 기르는 일은 사람의 힘만으로 되는 일이 아니다. 이 '기름'
에는 햇볕과 공기, 흙과 물, 그리고 공기나 땅속에 있는 무기물과 유
기물이 전체로서 참여한다.

사람을 기르는 교육과 양육에도 마찬가지 원리가 작용했다. 원시
공동체 사회와 농경사회에서 사람의 아들은 크게 보아 자연의 아들이
었다. 그러나 시장경제의 원리에 따라 산업사회가 농경사회를 대신하
면서 기르는 일은 뒤로 물러서고 만드는 일이 앞장섰다. 그에 따라 사
람도 '기르는 사람', '길러진 사람'에서 '만드는 사람'으로 바뀌어왔
다. 이 실험은 인류 역사에서 지난 200년에 걸쳐 이루어진 역사의 전
환을 반영한 것이자 새로운 역사 창조의 원동력으로 작용했는데, 이
실험의 중심 기관이 '학교'였다. 그런데 그 결과는 어떤가? 자연을
떠나서, 햇볕과 공기와 물과 흙 같은 '사람 밖에 있는' 온갖 요소의
상호 협력을 배제하고 사람의 힘만으로 행복하고 보람 있게 사는 공
동체를 건설할 수 있을까?

제도교육에 힘입은 도시사회의 건설과 확대는 이런 믿음을 뒷받침
하는 것으로 보였다. 그러나 산업사회의 역사가 고작 200년인데도 인
간의 생명과 삶의 질을 위협하는 여러 부작용이 도처에서 나타났다.
도시사회에서 범죄율이 증가하고, 특히 청소년 범죄가 증가하고, 마
약이나 알코올에 중독되고, 인간관계는 차가워지고, 물과 공기는 오

염되고, 도시에서 태어나고 자라는 아이들의 감각기관이 무디어지면서 그에 따라 자기표현과 창조력이 쇠퇴하는 현상이 어디에서나 눈에 띄게 드러나기 시작했다. 지난 200년 동안 자연과 삶터에서 격리시켜 사람의 힘만으로 아이들을 기르고 가르치겠다는 자신감에서 출발한 전대미문의 교육 실험은 이제 막다른 골목에 이른 것 같다.

실제로 실험실 형태의 학교는 학교 부지가 아무리 넓더라도, 또 그 안에 들어서 있는 시설과 장비가 아무리 좋고 정교하더라도 아이들을 사람의 자식으로 길러내는 데는 알맞지 않다. 왜냐하면 사람의 자식이기에 앞서 먼저 '자연의 자식'이기 때문이다. 실험실 형태로 닫힌 '학교'의 기초 형태가 사람 중심의 세계관으로 무장된 서구 기독교 교회에서 맨 먼저 싹텄다는 것에 주의를 기울일 필요가 있다. 중세 수도원이나 교회 공동체 안에서 싹튼 학교교육의 근본 목적은 교리의 전파와 이념의 확산이었다. 그런 점에서 자연과 균형 있고 조화롭게 교류하는 과정에서 살길을 찾는다는, 수십만 년을 두고 이어져 내려온 인류 사회 전체의 근본 교육 목적에서 벗어난 것이기도 했다.

우리가 꿈꾸는 실험학교, 공동체 학교는 기존 학교처럼 따로 건물과 운동장이 있고, 책상 걸상이 있고, 자격증 가진 교사가 나이와 학년에 따라 정해진 과목을 정해진 단계에 따라 가르치는 그런 학교가 아니라 아이들을 둘러싼 산과 들과 바다와 생산이 이루어지는 여러 삶터와 작업장 모두를 포함하는 큰 학교, 살아 숨 쉬는 열린 학교가 되어야 한다. 이것은 앞에서 이야기한 대로, '자연의 아들'로 자라지 못하는 아이는 절대로 '사람의 아들'로 길러낼 수 없다는 믿음, 지난 200년 동안 겪어온 실험의 실패에서 얻은 값진 교훈이 뒷받침하고 있다.

불량 식품의 날

우리 변산 공동체(이렇게 거창하게 말해보았댔자 아직은 식구가 예닐곱 명에 지나지 않지만)에는 손님이 참 많이 온다. 손님들 가운데는 지각 없는(?) 분들이 가끔 섞여 있어서 불량 식품을 선물로 가져오는 일이 있다. 제철이 아닌 과일이라든가 인공 첨가물이 듬뿍 들어 있는 청량음료나 과자, 라면, 고기 같은 것인데, 이런 선물을 받을 때마다 마음이 찜찜하다. 어른들은 상관없다. 어차피 오랫동안 불량 식품에 혀끝의 감각이 마비되거나 무디어졌기 때문이다. 그러나 아이들은 그렇지 않다.

다섯 살 난 비아는 이태 전에 엄마와 함께 우리 식구가 되었다. 비아는 못 먹는 음식이 없다. 아주 매운 것만 빼고는 어른들과 똑같이 먹는다. 우리는 그동안 비아에게 자연의 맛을 일깨워주려고 꽤 노력을 했다. 가게에서 파는 청량음료 대신 우리가 만든 효소물이나 식혜를 먹이고, 과자나 사탕 대신 조청을 만들어서 들깨강정이나 유과 같은 한과를 만들어 먹였다. 곶감도, 대추도, 제철에 나는 여러 채소나 과일도 비아의 좋은 군것질거리였다. 혀끝이 예민하게 살아 있어 어려서부터 다양하고 신선한 자연의 맛을 섬세하게 가릴 수 있으면 나중에 어쩌다 인공의 자극적인 맛에 한때 빠져들더라도 곧 제 입맛을 되찾으려고 애쓰지 않겠는가.

그런데 이 아이가 손님들이 가져오는 불량 식품의 맛에 길들어서 자연 식품의 맛을 도리어 부자연스럽게 여기면 어쩌나 하는 걱정이 앞서서 반갑지 않은 선물 보따리에 신경을 곤두세우는 것이다. 그러나 이태 동안 비아와 살아오면서 비아가 불량 식품도 눈에 띄면 곧잘 먹지만, 그렇다고 입맛이 까다로워지지는 않았다는 사실을 발견했다.(불량 식품을 보면 드러내놓고 좋아하는 우리 어른 식구들은 예외로 치더라도.)

어찌 보면 우리 공동체 식구들처럼 불량 식품을 맛있게 먹는 사람도 드물지 모른다. 어쩌다 선물로 들어온 라면이라도 끓이는 날이면 온 식구가 우르르 몰려들어 냄비에 코를 박는다. 나도 예외는 아니다. 불량 식품을 맛보는 기회가 워낙 드물다 보니 생기는 현상이다. 마비되어 있던 혀끝의 감각이 되살아나면서 생기는 금단현상 비슷한 것이겠지.

지난 어린이날은 우리 식구 모두가 어린이가 되기로 했다. 그날만은 일을 쉬고 모두 바닷가로 놀러가기로 했다. 어른 식구들에게 무얼 먹고 싶으냐고 물었더니 초콜릿, 사탕, 과자, 맥주, 자장면 …… 너도 나도 불량 식품만 찾는다. 그래, 오늘은 불량 식품의 날로 정하자. 옛날 우리 조상들도 한 해에 며칠은 잔칫날로 정해서 그날만은 모든 금기를 깨고 먹고 싶은 대로 먹고 하고 싶은 대로 했다지 않은가. 농협 구판장에 가서 불량 식품들을 산더미(?)만큼 사가지고 바닷가에서 먹고 놀다 돌아오는 길에는 면사무소 소재지에 있는 중국집에 가서 자장면과 짬뽕을 시켜 어른 아이 할 것 없이 맛있게 먹었다.

　가끔은 이렇게 관념으로가 아니라 감각으로 자연의 맛과 인공의 맛을 견주어볼 기회를 갖는 것도 나쁘지 않다는 생각이 든다.

이렇게 미적거리다 죽을 순 없지

스님들이 길 떠나기를 수행의 한 과정으로 여기는 까닭을 나 나름으로 풀이하면 마음에 머묾이 있기 때문이 아닐까 한다. 또 한자리에 오래 앉아 선정에 드는 까닭은 마음이 길을 떠나기 때문에 그러는 것이 아닐까 한다.

길을 걸을 때 그 길이 눈과 발에 익으면 손과 발은 저절로 움직인다. 구태여 보폭이나 흔드는 팔의 각도를 의식할 필요가 없다. 그걸 일컬어 우리의 손놀림, 발놀림이 자동화한다고나 할까. 삶의 과정도 마찬가지다. 별다른 문제가 없으면 개인의 삶은 습관에 따라 꾸려지고 사회 안에서 사는 모습도 관습에 따른다. 기계에 비겨 이야기하면 우리 삶이 자동화하는 것이다.

그러나 험한 산길이나 밤길을 걸을 때는 이 자동화 장치에 제동이 걸린다. 순간순간 보폭이나 손놀림을 의식해야 할 때가 있다. 의식이 이렇게 손과 발에 가 있게 되면 딴 생각을 할 겨를이 그만큼 줄어든다. 의식은 이렇게 새로운 상황을 맞을 때 때로는 우리의 몸으로 돌아오기도 하고 개인의 삶이나 사회관계를 새롭게 돌아보는 성찰이 되기도 한다.

낯익은 삶의 길에 머물지 않고 낯선 삶의 길을 떠나 산 설고 물 선 곳에 새로이 터를 잡는 까닭은 다른 데 있지 않다. 자동화한 습관이나 관습이 삶의 길을 보장해주지 못하기 때문이다. 따지고 보면 옛날부터 농촌에 뿌리박고 살던 사람들이 고향을 등지고 도시로 떠나는 것이나 나 같은 사람이 대학과 도시를 등지고 시골로 떠나온 것이나 그 동기는 비슷함이 있다.

가끔 이 시골을 찾아오는 젊은이들에게 뜰 앞의 감나무를 가리키며 저 나무에 달린 잎은 왜 모두 한결같이 감잎뿐이고, 저 나무에 열린 열매도 왜 감뿐이냐고 묻는다. 어리둥절해하면 조금 더 설명을 덧붙이기도 한다. 저 나무 한 가지에는 단풍잎이, 또 다른 가지에는 떡갈잎이, 또 다른 가지에는 뽕잎이 …… 이렇게 갖가지 잎이 저마다 다른 자태를 뽐내고, 열매도 가지마다 다 다른 열매가 열리면 보기에도 좋고 쓸모도 많을 텐데, 같은 잎 같은 열매를 자동 복제하듯이 피우고 맺고 하는 까닭이 무어냐고.

나는 사람의 걸음걸이가 자동화하는 것이나 감나무 잎이 자동 복제되는 것이나 개인의 삶에 습관이 형성되거나 한 사회에 관습이 정착하는 것이나 그 까닭은 비슷하다고 본다. 말하자면 생명 에너지의 절약이 기본 목표이다. 그때그때 한 걸음 한 걸음 뗄 때마다 보폭을 달리하거나 한 잎 한 잎 피워낼 때마다 크기와 형태를 달리하거나, 어떤 습관이나 관습에서 벗어나 순간순간 삶의 형태를 달리하려면 엄청난 생명력이 소모될 것이다. 이 소모된 생명력이 그 과정을 통해 재생의 길로 연결되지 못하면 낭비된 생명력은 요즈음 세상에서 인간의 노동력과 자연력이 쓰레기가 되어 산더미처럼 쌓이듯이 고갈의 길로 들어선다.

　자연에는 쓰레기가 없다. 낭비되는 생명력이 없다는 말이다. 어찌 보면 자연을 이루고 있는 뭇 생명체가 이렇듯이 인색할 만큼 생명력을 아끼고 또 아끼는 데에는 깊은 사연이 있을 듯하다. 나더러 섣불리 그 사연을 짚어보라면 이렇게 말하고 싶다. 무엇을 아끼고 또 아끼는 것은 언젠가 긴히 쓸 데가 있기 때문이라고. 나무에게 물으면 이렇게 대답할 만도 하겠다 싶다. '내가 같은 잎 같은 열매를 끊임없이 복제하면서 딴 데 신경을 쓰지 않는 까닭은 그렇게 해서 절약한 생명력을 쓸 데가 따로 있기 때문이다. 이를테면 한겨울에는 이듬해 봄에 피워 낼 잎과 꽃을 단단하고 두툼한 겨울눈으로 감싸 추위를 이겨내야 하는데, 막상 봄이 되어 그 굳은 껍질 뚫고 새순 피워 올리려면 한꺼번에 많은 힘을 쏟아내야 한다. 열매와 씨앗을 단단히 영글게 하여 새 생명을 탄생시키는 데에도 엄청난 힘의 집중이 필요하고. 그런 데 요긴하게 쓰일 생명력이니 어찌 아끼지 않을 수 있겠나?

　나더러 직접 이야기하라면 나도 마찬가지라고 대답하고 싶다. 오랜 세월에 걸쳐 대학 선생으로, 도시 주민으로 살면서 내 생명력이 끊임없이 낭비되고 고갈됨을 느꼈다. 아무런 재생의 길도 찾지 못한 채로, 그래서 어느 위기의 순간이나 창조의 시간에 생명력의 집중이 요구될 때 그 힘이 미리 소진되어버려서 무기력하게 주저앉을 수밖에 없겠다는 위기의식에 사로잡혔다. 이제까지 살아온 습관화한 삶의 형태나 사회 관습이 삶의 에너지를 낭비하지 않는 쪽으로 유지되어왔다면 더없이 좋은데 실상은 그 반대였다. 낭비가 습관화하고 크게 보면 사회 관습으로 굳어져버린 세상에서 더 미적거리다가는 사람답게 살아보지도 못하고 마지막 생명력까지 사그라질 것 같아 길을 떠났다. 낭비 없는 삶을 살아온 뭇 생명체가 기다리고 있는 자연으로, 낭비 없는 삶을 모범으로 보인 옛 조상들의 숨결과 삶의 자취가 아직도 또렷한 농촌으로 돌아가 자연과 어른들 사이에서 생명력을 절약하는 새로운 습관, 새로운 관습을 내 몸에 다시 붙이자는 소망이 절실했다고나 할까.

낭비 없는 자연스러운 삶이 꽃피고, 그 과정에서 땀 흘려 일한 보람으로 사람의 아들딸이자 자연의 아들딸들이 알차게 영글면 그게 행복이자 보람이겠다는 생각이 든다.

이렇게 '떠남'은 때로는 '위기로부터 벗어남'이나 '새로운 창조의 힘을 쌓는 길'이기도 하겠다 싶다.

자연이 차려주는 밥상

밥상머리는 나눔과 섬김의 자리다. 제 몸 바쳐 남 살리는 자리다. 좁쌀 하나 뿌려 가꾸면 수천 알의 좁쌀이 달린다. 그러나 그 좁쌀이 온 세상을 채우지는 않는다. 좁쌀의 소망은 대가 끊어지지 않고 새끼 좁쌀이 살아남는 거다. 한 알만 제대로 싹터 대를 이을 수 있다면 나머지는 다 나누어준다. 나누어 먹여 다른 생명체들을 살리니 이것이 좁쌀의 섬김이다. 우리 밥상머리에 오르는 밥, 반찬 어느 것 하나 살 보시 아닌 것이 없다. 살아 있는 제 몸을 바쳐 우리를 살린다. 몸으로 나누고 몸으로 섬긴다는 게 이렇게 숙연하다.

나는 처음에 변산에 와서 '음력 5월 단옷날까지는 염소가 먹는 건 어떤 것이든지 사람이 먹어도 몸에 해롭지 않다.' 는 말을 듣고 귀가 번쩍 뜨인 적이 있다. 요즈음 이 말을 곰곰 되새기면서 염소가 뜯는 풀을 눈여겨보는 헐벗고 굶주린 아이의 모습을 떠올린다. 있는 집 사람들은 대대로 갖은 입맛에 길들어 아무 풀이나 입에 대지 않는다. 밥상이 휘게 갖가지 산해진미를 차려 먹는다지만 저 나름으로 다 족보가 있는 음식이다. 이 사람들 밥상머리에 어찌 보리죽이나 곰밤부리 나물이나 살갈퀴 쌈이 오를 일이 있겠는가?

째지게 가난한 사람들의 밥상에 오른 음식을 눈여겨본 적이 있는가? 한 해를 두고 지켜본 적이 있는가? 그 밥상에 조밥이나 보리밥, 가끔 가다 명절에 하얀 이밥이 놓이고 겨울에서 이른 봄까지는 동치미나 깍두기, 배추김치가 놓이는 일이 있으나 놀랍게도 반찬 가운데 반 이상은 사람이 씨 뿌려 가꾼 것이 아니라 자연에서 나는 것들이다. 냉이·곰밤부리·쑥·돌미나리·씀바귀 같은 풀에서부터 논우렁이·민물새우·미꾸라지·피라미같이 살아 있는 개울이나 논에서 나는 것들, 그리고 바지락·게·굴·맛·꼬막 같은 어패류에 이르기까지 가꾸거나 기르지 않고 거저 얻는 것으로 밥상이 가득했다.

우리 밥상도 그렇다. 갯것이 먹고 싶으면 가까운 개펄에 나가 게도 잡고 굴도 따고 바지락도 캔다. 냉이는 아직 갈아엎지 않은 밭에서 지천으로 나고, 냇가에는 돌미나리가 옴쑥옴쑥 돋아 있다. 갓을 따로 기를 필요가 없다. 야생 갓이 여기저기 저절로 자라니까 그걸 캐다 먹으면 된다. 도시 입맛에 길든 우리 젊은 식구들은 내가 뜯어다 주는 풀에 질색을 할 때가 많다. 이름도 모르고 먹어본 적도 없을 테니까 그럼직도 하다. 그러나 나는 가난한 어린 시절에 다 먹어본 것들이다. 여섯 해째 변산에 살면서 해가 갈수록 더 절실하게 나도 우리 식구들도 사람이 짓는 농사보다 하느님이 자연이라는 논밭에 가꾸시는 농사를 먼저 배워야겠다는 느낌이 든다.

땅을 살린다는 게 내 논, 내 밭만 살리는 것으로 끝나서는 안 된다. 산도 살리고, 들도 살리고, 개펄도 살려야 한다. 이것은 사람과 사람 사이의 싸움이고, 사람이 이루어낸 제도와 벌이는 싸움이고, 빗나간 가치관과 맞서는 싸움이다. 이 싸움에서 이기면 살아 있는 무논은 우리에게 맛난 우렁이와 미꾸라지, 민물새우 들을 아낌없이 길러서 밥상머리에 올려줄 것이고, 살아 있는 시냇물과 웅덩이는 애써 기르지 않더라도 피라미와 붕어, 잉어, 가물치, 메기 들을 푸지게 먹여줄 것이고, 살아 있는 들판은 온갖 약초와 나물을 거저 줄 것이고, 살아 있는 개펄은 그야말로 온갖 산해진미를 마련해줄 것이다.

살림의 바탕에 먹을 것이 으뜸인데, '살림'이라는 말이 '죽임'에 맞서 너도 살고 나도 살자는 뜻을 지닌 말인데, 다른 생명체를 살리는 일에는 눈곱만큼도 관심이 없는 사람이 어찌 내 몸 살릴 딴 궁리를 낼 수 있겠는가? 살아 있는 자연이 거저 주는 단백질 보급원이 점점 줄어들면서 공장에서 만들어낸 갖가지 끔직한 독약 성분이 든 사료를 먹여 키우는 닭과 돼지, 소를 먹어서라도 몸보신을 하려 들다 보니 제 명에 죽지 못하기 일쑤요, 농촌이나 어촌에 남아 땅 살리는 일에 앞장설 젊은이들을 죄다 감옥 같은 학교나 사무실이나 공장에 가두어 혹사시키다 보니 늙은이들이 제초제와 농약, 화학비료로 땅을 죽이는 농사를 지을 수밖에 없어 논밭에서도 들에서도 안심하고 거두어 먹을 풀이나 곡식이 없다.

'무엇을 먹을까' 물었는가?

참 답답하고 미안한 말이지만 먹을 것이 없다. 먹을 것이 없으면 어떻게 해야 할까? 가장 쉬우면서 듣고 싶지 않은 대답이 있다. "굶으렴." 중국의 백장선사가 "하루 짓지 않으면 하루 먹지 말라."는 이야기를 했다는데, '살림'에는 도통 관심이 없고 '죽임'에만 온통 눈이 팔려 있는 끔직한 중생들 더 죄짓기 전에 굶어죽는 게 더 낫지? 안 그래? 울컥하는 마음이 앞서지만, 그래도 이렇게 말할 수 없는 게 그동안 내가 지은 죄가 정말 많아서, ‘죽임’의 대열 맨 앞에서 날뛰던 전력이 있어서이다.

먼저 어떻게 먹을까? 적게 먹고 꼭꼭 씹어 먹자. 경험에서 얻은 몸 보신 방법인데 ‘적게 먹고 꼭꼭 씹어 먹는 것(小食多嚼)’이 건강의 비결이다.

다음에 무엇을 먹을까? 사람이 초식동물이었으므로 풀을 많이 먹어야 하고, 사람이 기른 것은 안심할 수 없으므로 자연에서 나는 것을 많이 먹자. 다만 이것도 제 손으로 뜯거나 잡아야 안심할 수 있겠다. 모두 장수하기 바란다.

아이를 지키는 균

　오늘은 내가 아는 척 좀 해야겠다. 좀처럼 외국 문물에 대해 이야기한 적이 없는데 느닷없이 포도주가 어떻고, 맥주가 어떻고 이야기하면 귀에 거슬리는 분들도 더러 있겠지만 그래도 하겠다. 내가 스무 해쯤 전에 석 달에 걸쳐 유럽을 두루 돌아본 적이 있다. 그때 나는 맹물(실은 광천수지만 우리 수준에서 보면 영락없이 맹물이다.) 값이 포도주나 맥주 값보다 더 비싼 걸 보고 깜짝 놀랐다. 유럽에서는 '볼빅'이나 '에비앙' 같은 '미네랄워터', 곧 광천수가 헐값으로 팔리는 포도주나 맥주보다 값이 더 높은데, 나중에 알고 보니 그럴 만했다.

　유럽은 일부 지역만 빼고 죄다 석회암 지대이다. 따라서 유럽 물은 거의 다 석회수이다. 석회가 섞인 물은 그냥 먹으면 더 말할 나위도 없고 끓여 먹더라도 오래 먹으면 몸에 해롭다. 유럽에 가면 발목 부근이 뚱뚱 부어 있는 듯이 보이는 노인들이 많은데, 석회수를 오래 먹어 석회가 발목뼈 근처에 축적되어서 그렇단다. 유럽에서 포도주나 맥주를 마시는 것은 사람 몸에 필요한 물기를 받아들이는 과정에서 어떻게 하면 석회 성분을 조금이라도 덜 섭취할까 고심한 끝에 생겨난 그쪽 조상들의 삶의 지혜라고 할 수 있겠다.

요즈음 수돗물에 대한 불신이 대단해서 우리나라 중산층 이상은 수돗물 대신 물장사들이 파는 물을 마시는 경우가 거의 대부분인 듯하다. 그러나 아무리 못 미더운 우리 수돗물이라 하더라도 유럽의 수백 미터 지하에서 뽑아 올리는 청정한 석회수보다 더 건강에 낫다는 게 내 생각이다.

물을 끓여 먹으면 건강을 해치는 균들이 없어지니까 좋다고 여기는 분들도 많을 듯싶은데 내 생각에는 이것도 옳지 않은 상식이다. 끓인 물보다 그냥 물이 훨씬 더 좋다. 적어도 우리나라 물은 그렇다. 특수한 경우가 아니라면 세계 어디에서도 비슷할 것이다. 죽은 물에서는 균이 안 생긴다. 사람 몸에 해로운 균도 안 생기지만 이로운 균도 살아남지 못한다. 옛날에 우리 어머니, 할머니들은 아이에게 줄 젖이 부족하면 생쌀을 씹어서 암죽으로 만들어 젖먹이에게 미음으로 먹였다. 언뜻 생각하면 참 더디고, 비위생적이고, 미련한 짓으로 여겨질 만하다. 쌀을 가루로 빻아서 물에 끓여 죽으로 만들어 먹이면 될 것을 끼니때마다 이로 갈아서 침을 섞어 먹이다니, 생우유도 비위생적이라 하여 분유를 먹여야 직성이 풀리는 현대식 육아 상식으로는 이해하기 힘들 법도 하다.

그러나 맹물을 생수로 마시거나, 엄마 젖을 빨거나, 소젖을 우유 형태로 생으로 먹거나, 생쌀로 모자라는 젖을 보충하거나 다 생으로 먹는다는 데 공통점이 있고, 이것은 끓인 물이나 죽이나 분유나 그 밖에 다른 방법으로 살균한 먹이보다 어린 아이의 건강에 훨씬 더 좋은 점이 있다. 끓인 석회수가 생맥주나 포도주보다 건강에 더 좋았다면 유럽 사람들이 몸에 필요한 물기를 그렇게 복잡한 과정을 거쳐서 술로 빚어 섭취하지는 않았을 것이다.

한때 우리나라에서도 엄마젖 먹이는 걸 전근대적이고 야만스러운 습성으로 알고 아이들을 소젖으로 키우되, 살아 있는 젖을 먹이는 대신 살균된 분말 형태로 바꾸어 먹이는 것을 무슨 대단한 신식 육아법으로 떠벌인 적이 있었다. 분유 회사와 병원이 짜고 사람 새끼를 소새끼도 안 먹는 분유로 키우는 게 더 좋다고 온 국민에게 대대적으로 선전하던 때가 엊그제 일이다.

이제 의사나 우량아를 뽑는 분유 회사의 농간에 호락호락 넘어가던 시절은 지났다. 누가 그런 농간을 믿지 말라고 의식화시킨 탓이 아니다. 아이들을 기르는 부모의 눈앞에 직접 적신호가 나타난 것이다. 요즈음 도시에서 자라는 아이 치고 온전하게 자라는 아이가 거의 없다. 아이들의 몸과 정신에 예전에는 볼 수 없었던 온갖 병이 창궐하고 있다. 어떤 분들은 이렇게 반문할지도 모른다. "그래도 어찌 옛날에 비기겠는가. 옛날에는 사람의 평균 수명도 훨씬 더 짧았고, 유아 사망률도 엄청나게 높아서 자식 농사 반타작이 다반사였는데 요즈음에는 어쨌거나 한둘 낳아도 제대로 기르지 않는가." 하고. 그 말에도 일리가 있다. 그러나 체질이 약한 아이들이 영양이나 의료의 불충분으로 일찍 죽는 것과 영양도 의료도 충분한 환경에 있는 아이들이 집단으로 온갖 질병에 시달리는 것과는 상황이 많이 다르다.

도시 아이들에게 급속도로 번지고 있는 질병 가운데 하나가 이른바 '아토피성 피부염'이다. 살갗이 가려움증으로 짓물러 터지고 나중에 악어가죽처럼 딱딱하게 굳기까지 하는 증세이다. 왜 이런 증세가 아이들에게 집중적으로 나타날까? 이유는 간단하다. 죽은 음식, 죽은 물, 죽은 공기 탓이다. 도시 아이들이 살아 있는 먹이를 맛보지 못하는 것은 도시 어머니가 죽은 음식을 먹으면서 아이를 갖는 순간부터이다.

'신토불이'라고 해서 이 땅에서 나는 음식은 우리 몸에 다 좋을 것 같지만 절반만 맞는 말이다. 도시에서 사는 부모들이 맛보는 음식은 거개가 제초제와 농약, 화학비료를 써서 길러낸 것들이다. 그나마 외국에서 수입되는 농산물과는 달리 배에 실어오는 몇 달 동안 뜨거나 썩거나 벌레가 생기지 말라고 온갖 방부제, 항생제 섞지 않은 게 다행이라면 다행일 것이다. 수돗물을 끓여 먹지 않고 그냥 마시면 큰일 나는 줄로만 알고 있으니, 당연히 끓여서 이로운 균마저 죽여서 먹는다. 게다가 공기는 도시 여자들 피부 미용에는 좋을지 모르나 건강을 지키는 데에는 젬병일 만큼 오염되어 있다. 엄마가 이런 환경에서 아이를 갖고 뱃속에서 길러왔으니, 태어나기 전부터 거의 반쯤 초죽음 상태에서 태어난 아이들이, 낳자마자 생우유를 죽여서 가공한 분유를 펄펄 끓여서 죽인 물에 섞어 먹고, 숨이 턱턱 막히는 죽은 공기 속에 내동댕이쳐진 상태에 놓이게 되니, 어찌 몸이나 정신에 큰 탈이 나지 않겠는가.

나는 의학에는 문외한이지만 살갗이 허파와 밀접한 연관이 있다는 정도는 알고 있다. 따지고 보면 아예 의학에 까막눈인 것만도 아니다.(조한영 선생님의 《통속 한의학원론》이라는 책을 주석하면서 민족의학의 장래를 깊이 걱정하던 때도 있었으니까.) 잘들 아시겠지만 허파는 공기 중에 있는 산소를 몸 안에 받아들이는 구실을 맡고 있다. 산소는 우리 핏속에 들어 있는 영양소를 태운다. 그리고 그 열로 동력을 만들어 우리 몸을 움직이게 한다. 살아 있는 영양소는 산소라는 불길에 닿자마자 활활 탄다. 그리고 찌꺼기를 남기지 않는다. 그야말로 완전 연소이다. 그런데 같은 영양소라도 타지 않으면 쓰레기로 남는다. 이 쓰레기가 핏줄을 가로막고 있으면 피가 제대로 돌지 못하고, 그렇게 되면 온갖 장애가 생겨난다. 한창 자라는 아이들에게는 더 큰 문제이다.

우리는 허파로도 숨을 쉬지만 살갗으로도 숨을 쉰다. 핏줄 속에서 영양소를 태워 남는 재는 이산화탄소로 바뀌어 우리가 숨을 내쉴 때 함께 나온다. 그러나 불완전 연소로 혈관에 눌어붙은 찌꺼기는 허파를 통해 나올 수 없어서 살갗을 비집고 숨구멍으로 내보낼 수밖에 없다. 그런데 그게 땀과 함께 시원스럽게 밖으로 빠지지 않고 살갗 안쪽에 눌어붙어 살갗 숨통을 막으니까 가려움증이 생기고, 긁어서 그 숨통을 억지로 뚫으려다 보니 살갗이 짓물러 터지고, 나중에는 아예 딱딱하게 악어가죽처럼 굳어버리는 것이다. 살갗 숨통이 막히면 몸 안 온도 조절에 장애가 생긴다. 급격한 체온 상승은 살갗에 있는 숨구멍을 통해 땀을 내보내서 기화열로 식혀야 하는데, 숨구멍이 막혀 있으니 몸 안에 열이 들끓어서 견딜 수 없게 된다. 죽은 음식과 물을 먹어 핏속에 엉겨 붙은 찌꺼기를 죽은 공기로 태워 밖으로 내보내려고 한들 제대로 될 리가 있나. 이렇게 해서 온갖 병이 다 생겨나는데, 그 가운데 하나가 '아토피성 피부염'이라는 것이다.

병든 음식, 죽은 음식은 일차로 병들고 죽은 땅에서 거둔 곡식이나 남새에서 생겨난다. 그리고 운동이라고는 제자리걸음도 하기 어렵게 좁은 공간에 수십, 수백, 수천, 수만 마리씩 가두어놓고 항생제와 방부제가 뒤범벅이 된 먹이를 먹여 기른 병든 짐승들을 죽여 만든 육류에서 생겨나고, 마찬가지로 양식장에 가두어놓고 항생제와 방부제 섞인 먹이로 길러낸 민물고기와 바닷물고기에서 생겨난다. 다음으로 죽은 음식은 이른바 '인스턴트식품'이라고 불리는 공장 음식을 일컫는 말이다. 위생 처리를 잘해서 세균이 없다고? 맞다. 무기물에는 세균이 번식하지 않는다. 반면 유기물에는 온갖 세균이 들끓는다. 마찬가지로 살아 있는 음식인 유기농산물에는 온갖 세균이 다 살아 있다. 그래서 방부 처리하고 살균 처리한 죽은 음식과는 달리 쉽사리 썩는다. 한 예로 우리 공동체에서 밀농사를 짓는데, 가루를 빻아 아무리 신경을 잘 써서 보관해도 습기 많은 여름철에는 2주일 안에, 날씨가 선선하거나 추운 겨울철에도 한 달 안에 벌레가 생기기 십상이다. 그런데 미국에서 수입한 밀가루는 1년, 2년이 지나도 썩거나 벌레가 생기는 법이 없다. 미국 밀가루는 말만 유기물이지 실제로는 무기물이고, 물질화되어버린, 아예 재생 가능성이 없는 죽은 음식이다. 이걸 온갖 화학 첨가물이 다 들어가 독성이 강해진 양념으로 가공해서 거의 주식으로 먹다시피 하니, 그러고도 건강하기를 바란다면 너무나 염치없는 소망이다.

우리 아이들을 살려야 한다. 그러려면 땅을 살리고, 물을 살리고, 공기도 살려내야 한다. 그럴 힘이 없으면 땅을 살리고, 물을 살리고, 공기를 살리려는 사람들과 연대해서라도 우리 아이들에게 건강한 음식과 건강한 물, 건강한 공기를 제공해야 한다.

우리 변산 공동체에서 살려고 들어왔다가 적응하지 못하고 떠난 분들도 꽤 많다. 우리 변산 공동체뿐만 아니라 내가 아는 거의 모든 공동체가 아이들에게는 천국일 수 있지만 어른들에게는 지옥이기 십상이기 때문이다. 우리 공동체에서도 지옥고를 견디지 못한 분들이 한둘이 아니다. 그런데 놀랍게도 그 지옥고를 견딘 사람들이 있다. 변산 공동체를 징검다리 삼아 이 지역에 들어와 뿌리내린 사람들 가운데 서로 눈이 맞아 짝을 지은 부부가 열다섯 쌍이다. 그 가운데 뜻이 맞지 않아 헤어져서 멀리 떠난 이들을 빼면 열두 쌍이 변산 지역에 모여 산다. 이분들 사이에서 태어난 아이들이 열셋이고, 뒤늦게 아이들을 데리고 들어오거나 들어와서 낳은 아이들까지 보태면 스무 명 남짓한 아이들이 변산 지역에 산다. 이래저래 애, 어른 합해서 변산 공동체가 인연이 되어 이 지역에 함께 사는 사람들이 쉰 명이 넘는다.

이 사람들이 안에서 밖에서 보는 공동체의 모습은 아직도 지옥이다. 다만 아이들이 생기고 자라나면서 부모들 의식 속에서 앞뒤가 바뀐 것만은 확실한 듯싶다. 그러니까 '공동체는 아이들에게 천국이지만 어른들에게는 지옥이다.'에서 '공동체는 어른들에게는 지옥이지만 아이들에게는 천국이다.'로 바뀐 것이다. 그럴 수밖에 없다. 다 자라서 공동생활을 하게 되는 어른들의 경우에 하느님이라는 '빽'과 '사랑'이라는 지고한 가치로 중무장을 한 수도원 공동체에서도 함께 사는 사람들이 싫어서 뛰쳐나가는 사람이 열에 일곱이 넘는다는데, 우리처럼 종교 공동체도, 이념 공동체도 아닌 일반 밥상 공동체에서 겪는 어려움이 어디 한두 가지이겠는가. 이렇게 어른들에게는 나날의 삶이 그야말로 '고통의 바다'인 데 반해 아이들에게는 정말 그야말로 천국인 게 내 눈에도 보인다.

우리 공동체에 처녀, 총각으로 들어와 짝을 맺어서 공동체 1호를 생산한 부부가 바다네인데, 바다가 올해 우리 나이로 아홉 살이다. 변산초등학교 2학년 학생이다. 바다를 비롯해서 공동체 아이들이 큰 사고나 병으로 병원에 입원한 적은 한 번도 없다. 얌전한 아이들도 아니고, 잘 먹이는 것도 아닌데, 하루 종일 큰 마을을 풋콩 먹은 망아지처럼 갈고 다니고, 간식이라고는 고구마나 감자 삶은 것, 밀가루 개떡, 지금 같은 늦가을에는 홍시 정도인데도 참 잘도 먹고 튼튼하고 잔병치레 없이 잘도 자란다. 이 아이들에게는 장난감도 필요 없다. 도시에서 사는 친척들이 어쩌다 이런저런 장난감을 선물로 보내기도 하는데 며칠 못 가서 다 내팽개치는 걸 본다. 이 아이들에게 더 신나는 장난감은 어른들의 살림 도구와 농사 연장들이다. 그리고 이 아이들이 가장 즐기는 놀이는 어른들 농사 흉내이다. 어른들이 밭머리에 붙어 앉아 호미로 김을 매고 있으면 자기도 밭을 맨다고 호미 달라고 졸라대고, 저녁에 메주 쑤려고 상머리에 앉아 콩을 고르고 있으면 저도 고른다고 썩은 콩, 벌레 먹은 콩, 납작한 콩 가리지 않고 집어다가 일껏 잘 골라놓은 소쿠리에 쏟아놓기 일쑤이다.

우리가 변산 지역에 있는 폐교된 학교를 임대해서 변산 공동체 학교라는 무허가 학교를 만들고, 이 학교에서 취학 전 아이들은 공동 육아의 형태로, 중등 과정 학생들에게는 정보교육 반, 노작교육 반 섞어서 가르친 게 7년째 된다. 이 세상에서 가장 작은 아기 둥지에 가장 작은 중·고등학교이기는 하지만 우리 나름으로는 이 세상에서 가장 아늑한 아기 둥지이고, 가장 질 좋은 교육을 하는 학교라는 자부심이 있다. 물론 조기교육에 관심이 큰 부모가 보기에는 아이들에게 한글도 영어도 수학도 가르치지 않고, 날마다 집집마다 옮겨 다니면서 실컷 놀리기만 하는 공동 육아라는 게 '방치'이지 교육이냐고 코웃음이 나올지도 모른다. 제도교육에 적응하기 힘들어하거나 공연히 제도교육을 얕보는 부모들 밑에서 자란 아이들 몇을 데려다놓고, 별 준비도 없이 일하는 틈틈이 영어·수학·국어·철학·자연학·인문학·사회학이라는 이름만 그럴싸한 정보교육을 고작 하루에 세 시간만 가르치고, 나머지 시간에는 음식 만들기, 텃밭 가꾸기, 옷 짓기, 목공, 풍물, 산살림, 들살림, 갯살림 …… 이런저런 명목으로 일만 시키는데 그게 어찌 대안교육일 수 있느냐고 콧방귀를 뀔지도 모른다. 하지만 어쨌거나 아이들과 연관해서는 부모들도 공동체 식구들도 아이들도 큰 불만이 없이 잘 지내고 있다.

더 자세한 것은 우리 공동체에 와서 스스로 지옥고를 겪으면서 몸으로 배울 수밖에 없고, 마지막으로 내 이야기를 잠깐 해야겠다. 올해로 공동체 생활만 10년이 지났는데, 내가 고통에는 둔감하고 행복에만 민감한 체질을 타고나서 그런지, 나는 어린 시절 이후로 지난 10년 동안처럼 행복하게 살아본 기억이 없다. 그야말로 다른 사람에게는 나날이 지옥고로 누벼져 있었을지도 모르는 공동체 생활이 나에게는 하루도 새롭지 않은 것이 없는 충만함으로 뿌듯한 삶이었다.

내가 이래뵈도 도시에서 살 때는 살아 있는 병원이었다. 겉으로 보기에는 건강체질인 듯하지만 B형 간염에, 갑상샘염에, 당뇨에, 백혈구 감소증에, 변비에 …… 아주 대단했다. 그런데 지난 10년 동안 치과에 몇 번 다닌 것만 빼고 병원에 한 번도 가보지 않았다. 10년 만에 나를 보는 제자들은, 약간 아부성 발언이긴 하겠지만, 내가 도리어 10년 전보다 더 젊어졌다고 한다. 나 자신도 그렇게 느낀다. 다만 우리 식구들 가운데 조금 견해를 달리하는 사람들도 있다. 내가 젊어진 게 아니라 유치해졌다고 한다. 꼬맹이들하고 노는 걸 보면 정신 연령이 갓 돌이 지난 미루나 이랑이와 오십보백보라는 것이다.

그런 확신을 흔들리지 않게 만든 사건이 최근에 있었다. 어느 날 영화 〈말죽거리 잔혹사〉를 보고 권상우 몸매에 심한 투기심을 느꼈다. 그래서 '오냐, 너는 쌍절곤으로 그 몸매를 만들었겠지만, 나는 괭이질로 너에 못지않은 몸매를 만들겠다. 두고 보자.' 결심을 하고 그 결심을 식구들 앞에 엄숙하게(?) 밝혔더니, 식구들 반응이 그랬다. "그 똥배 아무리 애써도 안 들어가요. 그 배에 한문으로 임금 왕 자(字) 새길 꿈 아예 접고, 차라리 매직으로 '왕' 자를 쓰세요. 한글로요." 이렇게 비웃어 마지않는 것이다. 그 고약한 것들이!

어쨌거나 요즈음 아이들과 날마다 웃으면서 지낸다. 정말 그렇다. 아이들이 있어야 웃을 일도 생긴다. 🔖

4

진정한 연대는 생명 연대다

목숨과 목숨 값의 반성

어떤 사회가 살기 좋은 사회인지를 한마디로 뭉뚱그려 말하기는 쉽지 않다. 그러나 우리가 전통사회보다 근대화된 산업사회를 더 좋은 것으로 보고, 전제사회보다 민주사회를 바람직한 체제의 사회로 보는 것은 그런 사회가 보장해주는 물질적인 풍요가 우리를 굶주림으로부터 해방시켜주고, 사람 사이의 평등하고 자유로운 사상과 감정의 교류가 우리의 삶을 더 따뜻하고 편안하게 만들어줄 거라는 소박한 신념에서이다. 바로 이런 믿음이 여러 가지 어려운 여건에 맞서서 이 땅을 근대화시키고 공업국가로 끌어온 원동력이 되었다고 할 수 있다.

그러나 자본주의 체제 위의 민주주의가 물질가치에 더 매달려 돈을 매개로 해서 사회의 구성원들을 새로이 계층화시키고, 도구화한 이성에 의하여 촉진되어온 과학 기술의 발전이 인간의 삶을 오히려 억압할 때는, 우리의 이러한 믿음은 밑둥치에서부터 흔들리게 된다. 그런데 근년(1977년 당시)에 들어, 산업화와 근대화의 과정이 반드시 우리에게 풍요롭고 행복한 삶의 약속으로서의 얼굴로만 나타나는 것이 아니라 전통사회와 전제사회에서 흔한 굶주림과 비명횡사의 가능성으로서의 얼굴로도 나타난다는 사실을 보여주는 사건들이 꽤 자주 일어나고 있다.

지난 11월 11일에 이리역(현재의 익산역)에서 일어난 화약 열차의 폭발로 이리시가 온통 폐허로 바뀌고 1,000명이 넘는 사람들이 다치거나 죽은 일이라든지, 그로부터 일주일도 지나지 않아 우리나라에서 가장 큰 탄광의 하나인 장성탄광 굴 안에서 불이 나서 그 안에서 일하던 1,300명의 광부들이 비명횡사의 한 걸음 앞에서 구출된 일 같은 것은 아직도 우리의 삶이 얼마나 우리의 소망과는 동떨어진 모습으로 영위되고 있는지를 여실히 보여주었다. 이처럼 사고가 잇따라 벌어지자, 온 국민의 여론은 다시는 이런 불행한 일이 우리 삶의 한 모퉁이에서 일어나지 않도록 새로운 법규를 제정하고, 위반에 대한 벌칙을 강화하고, 사고의 책임자를 엄벌에 처하고, 안전 대책을 다시 점검하라는 쪽으로 집약되었다. 우리는 1969년 1월 말에 천안에서 열차 충돌 사고가 나서 41명이 죽었을 때도, 또 1971년 크리스마스 날에 대연각 호텔에서 불이 나 116명의 사람이 죽었을 때도 온 국민이 이와 비슷한 반응을 보였음을 기억한다.

그러나 목숨과 재산을 뜻하지 않은 사고나 재난으로부터 지키려고 노력함에도 해마다 사고와 재난의 규모는 커가는 추세에 있으며, 그에 따라 인명과 재산의 피해는 기하급수로 늘고 있다. 지난 한 해 동안 우리나라에서 일어난 사고와 산업재해로 10만 명이 넘는 사람이 다치거나 죽었는데, 이것은 중동전쟁에서 죽은 사람의 열 배가 넘는 엄청난 수효이다. 사회학자 황성모는 이와 같은 사고들의 배후에 숨은 원인이 돈이라고 이야기했는데, 그의 이러한 지적은 정곡을 찌른 것으로 보인다.

우리나라의 많은 기업가들은 실제로 그것이 돈이 드는 일이라는 이유로 법이 요구하는 안전 규칙을 지키지 않는 일이 적지 않다. 어떤 기업은 공해 방지 시설을 갖추어놓고도 돈이 아까워서 그것을 가동하지 않고 폐수를 시내나 강에 흘려보내고, 독을 담고 있는 매연을 대기 중에 뿜어 내보내서 우리의 삶에 가장 기본이 되는 물과 공기를 오염시키고, 어떤 기업은 돈을 아끼려고 한 화차 안에 두꺼운 나무상자 대신 불이 잘 붙는 종이상자에 폭약과 뇌관을 한꺼번에 싣고, 게다가 승무원이 그 폭약 더미 가운데서 촛불을 밝히고 자도록 내버려두어 마침내는 한 도시를 쑥대밭으로 만들고, 어떤 기업은 돈을 덜 들이려고 갱목을 1미터에 두 개씩 받쳐야 안전할 굴속에 2미터에 하나씩밖에 안 받쳐 광부들을 죽음의 구렁텅이에 몰아넣기도 한다.

이 지각없는 사람들은 사람의 목숨이 돈으로 환산될 수 있다고 믿는 듯하다. 그들이 생태계를 오염시키고 인간의 작업 환경에 죽음의 함정을 파놓으며 사람들에게 안전하게 살고 일할 최소한의 조건마저 갖추어주지 않으면서도, 그리하여 마침내는 우리의 삶을 위협하고 우리로 하여금 늘 비명횡사의 두려움에 떨게 하면서도 크게 양심에 가책을 느끼지 않는 것은, 어쩌다가 사고가 나서 사람이 다치거나 죽더라도 목숨 값을 치러주면 된다는 끔찍한 생각을 당연한 것으로 받아들이고 있기 때문인지도 모른다. 그리고 어쩌면 그들의 생각 속에는 안전 법규를 지키고 사고나 공해 방지 시설을 갖추는 데에 돈을 들이는 것보다 어쩌다가 재수 없이 나는 사고나 말썽의 뒷수습에 돈을 들이는 것이 훨씬 더 싸게 먹힌다는 비인간적인 계산이 도사리고 있는지도 모르겠다.

사람이 재화나 사고로 죽으면 송장을 사이에 놓고 가해자와 피해자 쪽이 목숨 값 때문에 싸우는 일이 어느새 새로운 풍습이 되어버렸다. 어떤 때는 이 실랑이가 몇 날씩 걸리는 바람에 시체를 담은 관에서 물이 줄줄 흐르고 악취가 인근에 가득 차는 비정한 풍경이 벌어지는 일도 드물지 않다. 그리고 이리에서 일어난 사고 때에도 그랬고, 장성탄광 사고 때에도 그랬듯이, 사람이 죽으면 그 가족들에게 치러지는 손해배상이나 위자료가 얼마나 되는지가 어느새 온 국민의 관심거리가 되고, 어쩌다가 어떤 사람이 다른 사람보다 몇 곱절이 넘는 많은 손해배상을 받게 되면, 으레 그 소식은 신문에 대문짝만 하게 나는 세상이 되었다.

따지고 보면 본래 이러한 돈은 죽은 사람의 목숨 값으로 치러지는 것이 아니라 살아남은 가족들의 생계를 보장해줌으로써, 그들로 하여금 슬픔 속에서나마 굶주림에 대한 공포에서만은 해방되도록 하자는 뜻에서 주어지는 것이다. 그런데 일종의 보험제도라고도 볼 수 있는 이 보상금이 어느 틈에 처음의 갸륵한 정신에서 벗어나서 흥정거리로 변질되어버리고 말았다. 그래서 이제 손해배상은 부자는 많이 받고 가난한 사람은 적게 받는 돈의 법칙과 물질의 법칙을 따르는 것이 되었다.

부자에게는 요긴한 것이 못 되고, 가난한 사람에게는 굶주림의 공포에서 해방되기에 충분하지 못한 보상금은 큰 뜻이 없다. 다섯 식구의 생계를 책임지고 있던 가장의 죽음이 노동력이 없는 칠순 노인의 죽음과 같은 액수로 보상되고, 의사나 사업가의 죽음이 근로자나 실업한 청년의 죽음보다 몇십 곱절이 넘는 액수로 보상되는 세상에서는 이미 보상금은 순전히 '목숨 값'일 뿐이며, 이처럼 목숨이 돈으로 값 매겨지는 세상은 굶주림과 비명횡사의 공포로부터 인간을 해방시켜 주는 약속으로서의 삶의 공간에서 가장 멀리 떨어져 있는 사회라고 할 수 있다. 사람의 목숨이 돈으로 교환될 수 있다는 가능성이 열림과 동시에 사람의 목숨은 그 절대적이고 지고한 정신가치를 상실해버리고 말기 때문이다.

비명횡사는 없어져야 한다. 한 해에 10만 명이 넘는 사람이 다치고 죽는 상태에서 경제가 비약적으로 성장하는 것보다는 경제성장의 속도가 조금 늦어지더라도 한 사람이라도 덜 죽는 것이 더 중요하다는 말이 설득력 있게 들린다면 이것은 사람의 목숨이 어떤 것과도 바꿀 수 없는 절대가치를 지닌 것임을 우리 모두가 기정사실로 받아들이고 있다는 증거이다. 우리 마음속에 깃든 이 '건전한 상식'이 작게는 지난 1967년에 16일 동안이나 땅속 굴에 갇힌 채로 죽음과 맞서 싸운 한 광부의 투쟁을 온 국민으로 하여금 손에 땀을 쥐고 지켜보도록 만들었고, 크게는 인류로 하여금 그토록 혹독하고 가열한 기상의 변화와 환경의 악조건을 이겨내고 600만 년이 넘는 세월 동안 생존을 유지하도록 만들었다. 🟢

모든 생명체를 살리는 힘

여기에 연탄 한 장이 있다. 동네에 따라 값이 조금씩 다르지만, 우리 동네에서는 한 장에 160원(1986년 당시의 가격)이다. 얼마 전에 이웃집 지하실에 세 들어 살던 사람이 연탄가스에 중독되어 아이와 엄마가 죽고 남자만 살아남았다.

이렇게 하면 우리는 연탄에 대해서 충분히 구체적으로 이야기하고 있지 않은가? 그것이 우리 생활비에서 차지하는 비율, 그것이 데울 수 있는 방의 넓이, 한 달 또는 한 해에 필요한 연탄의 개수……. 이런 것들이 우리가 연탄에 관해서 얻을 수 있는 구체적 자료들이고, 이 자료들에 의지해서 우리는 우리의 삶을 합리적으로 꾸려나가고 있지 않은가?

아니, 그렇지 않다. 우리는 아직 연탄에 관해서 구체적으로 이야기하고 있는 것도 아니고, 현재 연탄에 관련해서 우리의 삶을 합리적으로 꾸려가고 있는 것도 아니다. 이 무슨 뚱딴지같은 수작인가? 나날의 삶과 그 삶의 체험에서 우러나는 이야기가 구체성을 띠고 있지 않고 절실하지 않다면, 우리는 도대체 어디에서 구체적 현실을 찾을 수 있단 말인가?

우리의 나날의 삶이 더욱 구체적이고, 그 안에서 경험하는 모든 일이 절실하려면 우리의 일상성에 한 차원이 더해져야 한다. 이 차원은 가끔 역사성이나 총체성 같은 말로 표현되기도 하는데, 그러한 말로는 이 차원의 깊이가 충분히 드러나지 않는다.

다시 연탄 한 장 이야기로 돌아가자. 연탄을 때서 밥을 끓이고 방을 데우는 사람은 연탄의 가치와 쓸모를 안다. 그는 연탄 값이 오를 때마다 민감하게 반응하고 해마다 연탄의 질을 떨어뜨리는 연탄 업자의 고약한 상혼에 대해서 개탄한다. 그 가운데는 박애주의자도 있어서, 다만 자기의 처지뿐만 아니라 채탄에 종사하는 광부들의 처지까지도 생각해서 연탄 값을 올려야 한다는 주장을 하는 경우도 있다. 그러나 이러한 박애주의자의 마음의 여유는 대체로 그의 경제적인 여유를 반영하는 것일 뿐 호소력이 없을뿐더러, 많은 어려운 처지에 있는 사람들이 이러한 조치로 인해서 받을 심각한 경제적 타격을 생각하면 비현실적인 제안이다.

이렇게 해서 연탄에 관한 논의는 비약을 거듭하여 소비자 한 사람의 입장을 벗어나서 생산과 유통 과정, 그리고 연탄 정책에 관한 문제에까지 이르게 되었다. 그런데도 우리의 이야기는 크게 연탄이라는 '상품'의 '효용성'의 차원에서 벗어나지 못하고 있다. 누가 우리의 의식의 영역에 이처럼 완강한 울타리를 둘러놓았는가? 왜 현실 문제에 관한 우리의 모든 논의는 물질적인 필요로 환원되고 마는가? 한 장의 연탄을 의식주의 결핍을 충족시켜주는 '물질' 체계의 한 연쇄로만 보는 한, 우리의 의식은 물신(物神)의 최면으로부터 결정적으로 깨어날 수 없으며, 잠들어 있는 의식에 주어지는 모든 사회 변화는 타율성을 더 강화하는 방향으로 진행될 것이다.

생명운동이란 간단히 말해서 구체적 보편성의 확보를 통한 삶의 해방운동이다. 시인 김지하에 따르면, 그것은 모든 죽임에 맞서서 모두의 목숨을 지키려는 목숨을 건 총체적 이론 실천 작업이다. 생명의 본질을 꿰뚫어보는 사람은 한 장의 연탄 속에서 긴 생명의 역사를 읽는다. 그는 긴 역환원(逆還元)의 과정을 거쳐서 물질화한 연탄에 그것이 본디 지니고 있던 생명성을 되돌려준다. 그에게 연탄은 역사를 지닌 것으로 드러나는데, 넓은 뜻에서의 역사성은 생명의 기본적 특질이다.

연탄은 다만 과거에 대지를 덮은 숲이었을 뿐만 아니라 그러한 형태로 그러한 기능을 하도록 우리에게 주어지기까지 많은 생명의 기운이 그 안에 불어넣어졌다는 것이다. 우리가 한 장의 연탄을 태울 때 우리는 동시에 그것이 본디 지니고 있던 삶의 에너지를 태울 뿐 아니라, 그것에 새로운 생명력을 부여하는 데 기여한 모든 사람(광부, 기관사, 연탄공장 노동자 등)의 피와 땀, 그리고 때로는 목숨까지 태운다는 점에서 그것은 분명히 살아 있는 어떤 것이다.

또 한 장의 연탄이 우리의 화덕에서 제 몸을 불살라 이 땅에서 자라나는 많은 나무의 목숨을 지켜준다는 점에서도 이미 우리 인간의 필요라는 좁은 울타리를 벗어난다. 저 캄캄한 몇십 길, 몇백 길의 땅속에서 석탄을 캐내다 죽은, 또 더 많은 석탄을 캐낼 여건을 마련하고자 싸우다 갇히고 죽은 사북이나 정선, 함백, 화순, 그 밖의 크고 작은 많은 광산의 노동자들이 한 장의 연탄을 통해서 우리에게 거는 말을 들을 수 있을 때, 또 우리의 눈길이 미치는 산과 계곡에서 하늘을 향하여 쭉쭉 뻗어 오르는 숲과 그 숲이 싸안은 많은 생명체의 삶의 환희를

한 장의 연탄을 통해서 볼 수 있을 때, 우리는 비로소 연탄 한 장에 대해서 구체적으로 말한다고 할 수 있다. 그리고 이러한 인식을 바탕으로 해서 우리의 삶을 전면적으로 바꾸어나가고 물신의 지배를 종식시킬 수 있을 때, 우리는 우리의 삶을 합리적으로 꾸려 나간다고 볼 수 있을 것이다.

우리는 상호 보완되는 두 가지 과정을 통해서 우리의 세계를 바꾸어나간다. 첫째로 우리는 결핍을 충족시키는 과정 속에서 우리와 우리 밖의 생명체들의 협동을 통하여 우리 생명력의 외화(外化)된 형태인 정신적, 물질적 부를 축적해나간다. 이때 우리의 결핍을 질적인 것으로 파악하느냐 양적인 것으로 파악하느냐에 따라 전혀 다른 삶의 방식이 추구된다. 인간의 욕망(이것은 충족되기를 바라는 결핍의 다른 이름인데)이 무한한 것이라고 생각하는 사람들은 결핍을 양적으로 파악하는 사람들이다.

인간의 욕망을 양적으로 환원하는 것은 생명 체계를 물질 체계로 환원하는 것과 다르지 않은 것인데, 이러한 계량적 사고는 자본주의 경제의 기초가 된다. 무한한 욕망의 주체들은 유한한 욕망의 대상을 사이에 두고 서로에 대해서 이빨을 드러내는 늑대가 된다. 한 마리의 늑대가 자기의 욕망을 최대한으로 충족시킬 수 있는 길은 다른 늑대들을 모조리 죽이는 것뿐이다. 이런 점에서 결핍을 양적으로 파악하는 삶의 방식을 지닌 사람들은 모두 어떤 방식으로든지 죽임에 참여하고 있는 가능적인 살육자로, 반생명적인 세계관의 소유자들이다. 억압, 착취, 학살, 전쟁, 핵무기 같은 대량 살육 무기의 광적인 개발 등은 이러한 삶의 방식의 산물이다.

다른 한편으로 결핍, 곧 충족되어야 할 욕망을 질적으로 파악하는 사람들은 진정한 욕망과 거짓된 욕망을 가리고, 거짓된 욕망을 병적인 징후로 파악한다. 거짓된 욕망은 마치 신체의 기능을 충분히 유지할 만큼 영양을 섭취하고도 계속해서 공복감을 느껴 자꾸자꾸 음식을 입에 집어넣는 사람의 상태와도 같다. 거짓된 욕망은 진정한 결핍에서가 아니라 결핍의 환상에서 빚어진 것이기 때문에 어떤 방법으로도 충족될 길이 없다. 그리하여 자본주의 사회에서 거짓된 욕망의 충족을 겨냥하는 생산력의 무한한 증가는 인간을 비롯한 전체 생명계의 생명 에너지의 무한한 낭비를 초래한다. 거짓된 욕망의 추구 과정에서도 세계는 변화하지만, 이렇게 해서 바꾸어진 세계는 물신의 대량 살육 현장에 지나지 않는다.

우리의 세계를 바꾸어나가는 두 번째 과정은 진정한 결핍의 질적인 파악, 그렇게 해서 파악된 결핍의 진정한 충족과 긴밀하게 연관되며, 이런 의미에서 두 번째 과정은 첫 번째 과정과 상호 보완적이다. 결핍은 충만을 지향하며, 충족된 욕구는 우리를 충만하게 만든다. 플라톤은 결핍에서 충만에 이르는 과정을 사랑이라는 말로 표현한다. 돈에 대한 사랑, 권력이나 명예에 대한 사랑도 사랑의 일종이다. 다만 많은 경우에 이러한 사랑은 거짓된 욕망과 얽혀 있기 때문에 이루어지기 어려우며, 비록 이루어지더라도 그 순간에 이미 사랑이기를 그친다. 결핍에서 생기는 욕망이 그와 같은 사랑을 뒷받침하는 힘이므로 결핍이 충족되는 순간 사랑도 스러지기 때문이다.

그러나 사랑은 다만 결핍의 산물만은 아니다. 진정한 사랑은 결핍이 끝나는 곳에서 시작한다. 진정한 사랑은 김지하 식으로 말하자면 생명의 '여분'이다. 농부는 그의 생명력을 기울인 노동을 통하여 벼가 자라는 것을 곁에서 도와 벼로 하여금 '여분'을 남기도록 한다. 이것은 스스로와 동료 인간의 기본적인 욕구를 충족시킬 뿐 아니라, 참새나 들쥐까지도 그 여분을 나누는 데 참여하도록 한다. 모든 생명체는 이 여분을 통하여 생명을 유지해나간다. 여분은 사랑의 젖줄을 통하여 무상으로 다른 생명체에 이전됨으로써 결국 우주를 커다란 하나의 생명 공동체로 만드는데, 우리는 그러한 진정한 사랑을 아기에게 젖 물린 어머니의 모습에서 찾을 수 있다.

생명운동은 진정한 사랑으로 세계를 바꾸어나가려는 운동이다. 그러나 진정한 사랑은 무제약적인 것이 아니다. 앞에서 "진정한 사랑은 결핍이 끝나는 곳에서 시작한다."고 말했을 때 우리는 이 말에 두 가지 다짐을 함축시켰다. 하나는 진정한 사랑은 소수가 다수에게 베푸는 시혜가 아니고 생명을 지닌 모든 중생의 자율적인 생명 에너지의 발현이므로, 인간은 인간의 공동체 안에서 모든 결핍이 충족을 얻도록 평등한 삶의 조건을 위해서 물신의 폭력에 정면으로 맞서야 한다는 다짐이요, 다른 하나는 거짓된 욕망이 진정한 욕구를 대신하여 우리의 생명 에너지를 탕진시키지 않도록 자신과 이웃의 바람직한 삶의 조건에 대한 성찰을 게을리 하지 말아야 한다는 다짐이다. 🌱

뿌리에서 샘솟는 문화

아우에게.

자네가 강원도 봉평 땅에 농사지으러 들어갔다는 말을 듣고 처음에는 웃고 말았네. 내가 알기로는 자네 고향이 마산이고, 그 항구 도시에서 공고를 나온 뒤에 스무 살이 채 안 되어서 고한, 정선 어름에서 석탄을 실어 나르는 화차의 기관사 노릇을 하다가 뒤늦게 사범대학을 들어가 그 길로 교직에 들어섰으니, 농사일을 배울 틈이 어디 있었겠나. 게다가 꽤 오래전부터 자네도 '아파트' 생활이 몸에 밴 터라 시골집에서 탈 없이 지내기가 쉽지 않을걸. 그러다 지난번에 자네 만나 그동안 살아온 이야기 듣고, 어쩌면 시골에서 꽤 오래 버틸지도 모른다는 생각이 들었네.

자네 이야기 가운데 기억에 남는 말이 있었네. 흙으로 된 것이 아니면 죄다 쓰레기더라고 했지, 아마? 하천 둑이며 개울 바닥이며 고샅 길에 널브러져 있는 온갖 폐물, 고장 난 농기구에서부터 가전제품, 플라스틱 그릇, 비닐 따위를 일주일에 걸쳐서 허리가 부러지게 모아 2톤 트럭에 가득 실어 보낸 뒤에 얻은 깨우침이니, 말에 무게가 실릴 수밖에. 그 이야기를 들으면서 내 삶을 돌이켜보았네.

산자락에 옹기종기 엎드려 있는 초가집들, 대숲을 빠져 달아나는 바람, 외양간에서 거적을 뒤집어쓴 채 허연 입김을 내뿜고 있는 암소, 이 빠진 사발에 담겨 있는 개밥, 돼지우리에서 짚북데기에 코를 박고 잠들어 있는 '중톳'. 마을 앞을 흐르는 개울가 빨래터에서 투명하게 솟아오르던 아낙네들의 웃음소리, 동이에 우물물을 가득 채워 똬리 얹은 머리에 이고 한 걸음 내디딜 때마다 살쩍을 적시는 물방울을 곱게 뿌리면서 고샅길을 접어들던 새댁의 꼿꼿한 목과 허리. 커다란 항아리에 널판 두 개를 걸쳐놓은 측간, 그 한쪽에 쌓인 잿더미. 장터 가는 길모퉁이에 서 있는 대장간 화덕에 벌겋게 달구어진 낫과 호미의 모습. 토방 위에 쪽마루, 쪽마루를 향해 남쪽으로 나 있는 창호지 발린 여닫이문. 문고리 언저리에 아주까리 잎사귀 박아 넣은 창 무늬. 방 윗목에 요강, 아랫목에 횃대. 안채와 떨어진 행랑채에서 새끼를 꼬거나 삼태기를 엮으면서 엊그제 장터에서 귀넘어들었던 이야기를 주고받는 마을 어른들.

이렇게 주섬주섬 주워섬기다 보면 끝이 없을 것 같네. 이렇게 내가 자라던 시골 풍경을 되새기는 까닭이 있네. 쓰레기와 쓰레기 아닌 것을 구별하는 기준은 흙으로 된 것이냐, 아니냐를 바탕으로 해서 세울 수도 있지만, 삶의 구조와 그 구조를 낳은 기능을 바탕으로 해서 세울 수도 있다는 거지. 이를테면 지금 내가 사는 아파트에서는 쓰레기 아닌 것이 없네. 끼니때마다 생기는 음식 찌꺼기에서부터, 수세식 변기를 타고 엄청난 양의 물과 함께 씻겨 내려가는 똥오줌, 세제 거품과 함께 개수대를 가득 채운 설거지 물, 온갖 종류의 상품 광고지며 포장지, 구겨서 쓰레기통에 집어넣는 파지 난 원고용지, 빈 치약통과 솔이

흰 칫솔, 볼때기가 터지고 밑창이 닳은 구두……. 만일 내가 근대화 바람을 외면하고 내 어린 시절의 전통적 삶의 양식을 고집했다면 하나도 버릴 것이 없던 자원들이 새로운 삶의 양식을 선택하자마자 쓰레기로 바뀌어버린 것일세.

이렇게 이야기를 바꾸어보면 어떨까? 평생을 농투성이로만 살아오던 어떤 늙은 부부가 도시 아파트에 사는 아들을 보러 처음 상경해서 받게 되는 문화의 충격을 그려보는 방식으로 말이야. 이 노부부가 밤에 아들의 아파트에 들어섰다고 치세. 아주까리기름으로 어둠을 밝히는 데 익숙한 이 노부부에게 현관에서부터 마루, 부엌, 방마다 형광등으로 훤히 밝혀진 아들의 집은 너무 밝아서 눈을 제대로 뜨지 못할 지경일 걸세.

"아버님, 어머님, 시장하시지요. 식탁에 음식을 준비해두었으니, 어서 드세요."

노부부는 입에 맞지 않는 인공 조미료로 뒤범벅이 된 인스턴트식품이 절반 이상 되는 밥상에서 몇 숟갈 뜨다가 일어서는데, 며느리가 달려들어 설거지를 하네. 조금 뜨다 만 온갖 반찬 다 쓰레기통에 집어넣고, 반 넘어 남긴 밥도 쓰레기통에 집어넣고, 빈 그릇을 씻는데, 거품이 북적북적하는 합성세제를 써서 그릇마다 반질반질 닦아내고 한없이 쏟아져 내리는 수돗물로 헹구어내네. 할머니는 기절을 할 듯이 놀라서 손을 내저을 걸세.

"야야, 아가. 아까운 음식을 그렇게 버리면 죄로 간다. 두고두고 먹다가 쉬면 개나 돼지를 주더라도 아껴야지."

음식 찌꺼기가 쓰레기로 바뀌는 일이 없는 환경에서 살아온 촌 노인의 눈에 며느리가 끼니때마다 별 의식 없이 해온 행동은 ‘벼락 맞을 짓’일 거야. 그도 그럴 수밖에 없는 것이 이 할머니는 그릇 씻은 물까지 조심조심 따라내서 밑에 가라앉은 찌꺼기는 개나 돼지 먹이로 간직하는 데 습관이 들었던 걸세. 신식 며느리에게 호통을 칠 수도 없고, 안으로만 뜨악해하는데, 마침 오줌이 마려운지라 할아버지가 요강을 찾느라고 아들을 부르네.

“애야, 요강 어디 있냐?”

“아 참, 아버지, 제가 깜박했어요. 이리 오시죠. 대소변은 화장실에서 보시고 이렇게 이 꼭지를 누르면 됩니다.”

고의춤을 내리고 일을 본 뒤에 꼭지를 누르니 맑은 물이 한없이 쏟아져 내려 오줌을 냄새마저 없이 감쪽같이 없애버리는 걸세.

“쯧쯧, 요강에 누어서 소매통에 비웠다가 밭에 뿌리면 좋은 거름이 될 것을 이렇게 함부로 버리다니, 게다가 이 아까운 물까지.”

할아버지도 눈살을 찌푸릴 수밖에. 노인네들이라 잠이 없기도 하려니와 자식과 손자들을 오랜만에 만났으니 하고 싶은 이야기가 산더미처럼 쌓여 있는데, 아들 내외와 손자들까지 주말 연속극에 빠져서 갓 올라온 할머니, 할아버지에게는 눈길 한번 제대로 돌리지 않네. 할머니는 젊은 시절 우물가나 빨래터에서 동네 아낙들과 무시로 떠들던 화목한 장면이 떠오르고, 할아버지는 지금 당장에라도 벌떡 일어서서 동네 사랑방에 가고 싶은데 그럴 형편이 안 되어 울적한 나들이가 되어버렸네.

반세기도 흐르기 전에 거의 모든 측면에서 극단적인 단절을 보이게 된 농촌의 삶과 도시의 삶의 이러한 대비는 어떤 의미를 지니고 있을

까? 또 의심쩍고 비인간적인 모습을 띠고 있기는 하나 그 나름으로
편한 도시의 삶을 마다하고 비어 있는 시골집으로 찾아가 생전 해본
일이 없는 농사일에 매달리려는 자네의 결심 뒤에는 어떤 생각이 도
사리고 있을까?

　새삼스럽게 이집트의 건축가 하산 파티(Hassan Fathy)가 《가난한
사람들을 위한 건축》이라는 책에서 한 말이 생각나네.

　　문화는 뿌리에서 샘솟아

　　초록빛 피와 같이 세포에서 세포로

　　온갖 새순에, 잎과 꽃과 눈에 스며,

　　비가 내리면

　　젖은 꽃에서 풍기는 싱그러운 내음으로

　　우러나 대기를 채운다.

　　그러나 위에서부터 사람들 머리에

　　쏟아 부은 문화는

　　곧장 눅눅한 설탕처럼 엉겨 붙어,

　　사람들을 설탕 인형으로 바꾸고

　　생기를 주는 소나무가 몸을 적시면

　　끈적거리는 찌꺼기로 녹아 없어지게 한다.

　하산 파티는 시골 부엌 아궁이 하나를 바꾸는 일도 오랜 관찰을 통
하여 여자들이 음식을 만드는 동안 어떻게 몸을 움직이는지 꼼꼼하게
분석한 뒤에 착수해야 한다고 믿었던 사람이지. 그리고 대장균인지

장구벌레인지가 많이 살고 있다 하여 당장에 마을의 공동 우물을 없애고 집집마다 부엌에 수도를 놓은 것이 제대로 된 근대화가 아니라는 것도 꿰뚫어볼 수 있는 사람이었다네. 이 사람 생각에 따르면, 수도가 온갖 이점이 있다 하더라도 그것이 공동체에 어떤 영향을 미칠 것인지 세밀하게 검토한 뒤에 설치할 것인지 말 것인지 결정해야 한다는 거지. 마을의 아낙네들, 더구나 과년한 처녀들에게는 공동 우물로 물을 길러 가는 것이 마실을 가는 유일한 기회이고, 우물가에서 이야기를 주고받음으로써 스스로 사회적 존재임을 확인하고, 또 먼발치에서나마 인근에 사는 떠꺼머리총각들에게 선보일 좋은 빌미가 된다는 거야.

그러니까 겉으로 보기에는 고루해 보이는 전통의 엄격한 틀이 실제로는 우리가 모르고 지나치기 쉬운 중요한 실용적 목적에 맞아떨어지는 경우가 적지 않은데, 만일 우리가 공동 우물이 이제까지 해왔던 기능을 대신할 공간을 새로 마련하지 않고 없애버린다면 실생활에서 쓸모 있는 중요한 사회적 기능 하나가 죽어버리고 만다는 걸세. 이런 관점에서 하산 파티는 표준화된 모델하우스에 따라 지어지는 수십, 수백만 채의 서민주택이 전혀 민중의 주택 문제를 근본적으로 해결하는 길이 될 수 없다고 이야기한다네.

주택 문제의 해결과 삶의 편의라는 이름으로 집주인이 열쇠 하나만 당장 받아들고 닭장집을 찾아드는 게 일반적인 현상이 된 것은 우리의 경우에 최근 20년 안팎의 일일세. 우리네 아버지 대만 하더라도 집 두 채가 똑같이 지어진다는 것은 이례적인 일에 속했지. 하다못해 개미나 벌, 까치나 제비도 제 집은 제 손으로 지어 사는데, 사람이 손과 머리를 가지고 자기에게 알맞은 보금자리 하나 꾸미지 못한다는 건 말도 안 돼. 종합병원에 환자들이 아무리 북적거려도 그 사람들을 당신은 위장병 환자, 당신은 심장병 환자, 당신은 편도선 쪽, 당신은 맹장 쪽, 이렇게 대강대강 줄 세워서 한꺼번에 수술하고 약 지어주고 등 밀어 집에 보내는 법이 없거늘, 사람이 일생을 두고 살거나 대를 물려서 살 소중한 주거 공간이 그 안에서 살 사람들의 소망이나 의사와는 전혀 상관없이 획일적으로 결정된다는 것은 말도 안 되는 일이라는 거야. 만일에 획일적인 처방에 따라 기계로 하루에 수천 개씩 맹장을 잘라낸다면 환자들은 떼죽음을 할 것이고, 만일에 일렬로 똑같이 지은 집에다 여러 가족을 한꺼번에 수용한다면 이들 가족 안에 살아 움직이던 무엇인가가 죽어버릴 것이라는 게 하산 파티의 의견이라네. 특히 서민들일수록 그런 폭력적인 주택 정책에서 더 큰 피해를 입게 된다는 거지.

어디 이런 게 주택 정책에 한정된 문제이겠는가. 하산 파티의 책을 읽다가 문득 전에 누군가한테 들은 이야기가 떠올랐네. 멀지 않은 옛날 선교사들이 제국주의 침략 세력의 첨병 노릇을 한 일이야 널리 알려진 사실이고, 목에 흰 띠를 두르고 십자가를 건 자들 가운데도 산 채로 불구덩이에 내던져버리고 싶었을 인물이 한둘이 아니었겠지만, 개중에 갸륵한 뜻을 지니고 선교라는 문화 이식에 열중했던 비교적 선량한 사람들도 이른바 선진 문명과 고상한 문화의 도입이 토박이들의 삶에 얼마나 치명적인 영향을 끼칠 수 있는지에 대해서는 장님인 경우가 많았다는 사실을 잘 보여주는 예라서 자네에게도 말해주고 싶네.

열대 아프리카에 백인 선교사가 왔다네. 와서 보니 원주민들이 죄다 벌거벗고 돌아다니거든. 이 선교사는 대낮에 사람이 벌거벗고 다니는 것은 하느님 보시기에 부끄러운 짓이라고 판단했다네. 그래서 본국에 긴급히 연락을 했지. 벌거벗고 사는 원주민들에게 옷을 보내달라고 말이야. 얼마 지나지 않아 옷이 왔네. 선교사는 원주민들에게 옷을 입는 것이 하느님 눈에 좋아 보이는 길이라고 설득해서 드디어 모든 원주민에게 의상 문화라는 것을 성공적으로 이식시킬 수 있었다네. 그 뒤에 무슨 일이 벌어졌는지 아나? 얼마 지나지 않아 선교사는 그 마을을 떠나야 했네. 왜냐고? 마을의 원주민들이 죄다 감기에 겹친 폐렴에 걸려 죽어버렸기 때문이지.

까닭인즉슨 이렇다네. 이 열대 지방에서는 하루에도 몇 차례씩 소나기가 내리는데, 발가벗고 살 때에는 미끄러운 맨몸을 타고 빗방울들이 깨끗이 흘러내려 탈이 없었는데, 옷을 입기 시작하자마자 상황이 바뀐 거야. 한번 비에 젖은 옷은 쉽사리 마를 줄을 몰랐지. 게다가 옷이 햇볕을 받아 마르기 시작할 때나 체온으로 마르기 시작할 때 몸에서 빼앗아가는 열량은 엄청났다네. 자네도 기억하지? 물이 수증기로 바뀔 때 얼마나 큰 기화열이 필요한지 말이야. 감기를 모르던 원주민들이 하루에도 몇 번씩 감기에 걸리지 않을 수 없는 끔찍한 신문화에 노출되었으니 '요단강 건너가 만나리.'는 아주 당연한 귀결이 아니었겠나. 그래서 원주민들은 모두 요단강을 건넜으니, 할 일 없는 선교사는 대서양을 건너야 했겠지.

지금까지 지껄인 이런 일들이 죄다 '저놈들' 짓이고, 우리와는 아예 아무 상관없는 일이라면 얼마나 다행이겠나? 그러나 이제까지 우리도 이런 짓을 일상적으로 저질러왔고, 앞으로도 당분간 계속해서 저지를 것 같으니, 참담한 느낌 지울 길 없네. 우리가 그동안 저놈들에 맞서서 싸워오고 지금도 싸우고 있는 것은 사람이 사람답게 살기 힘든 국가, 비가 새고 기둥이 뒤틀리고 방고래가 무너져 내리는 '나라 집' 대신에 모두가 사람답게 살 수 있는 새 집을 짓고자 하는 소망에서가 아니던가.

그런 집을 짓겠노라고 팔을 걷어붙이고 나선 우리가 혹시 공동 우물의 식수가 오염되었다 하여 집집마다 수도관을 매설하고, 부엌 아궁이 앞에 쭈그리고 앉은 아낙네의 자세가 불편하게 보인다 하여 부엌 시설을 하나같이 입식으로 바꾸고, 이엉을 해마다 새로 하는 것이 번거롭다 하여 함석이나 슬레이트나 슬래브를 쳐서 지붕을 덮고, 뒷간이 냄새 나고 불결하다 하여 수세식 변소를 만들고……. 이런 식의 계획에만 몰두해온 것은 아닐까? 이른바 박정희식 새마을운동 작풍이 알게 모르게 우리 의식에 밴 것이나 아닐까? 그래서 마침내 그 살기 좋은 새마을에 아이의 울음소리 하나 들리지 않고, 마당가에 다북쑥만 가득 우거진 '나간 집'만 즐비하게 만드는 것으로 운동을 끝마치게 되는 것이나 아닐까? 민중이 살기에 가장 적합하다고 여겨지는 모델하우스를 설계하고, 그 설계도에 따라 수십, 수백만 채의 집을 지어 분양하면, 민중의 주택 문제는 저절로 해결될 수 있다는 천치 같은 전망에 아직도 굳게 매달려 있는 것이나 아닐까?

전국교직원노조 지회 사무실에 앉아 날마다 산더미처럼 쌓이는 문건을 읽고, 밤마다 하염없이 문건을 쓰느라고 해마다 도수 높은 안경으로 바꿔 써야 했던 자네가 어느 날 문득 '에라, 부질없다. 시골에 들어가 농사나 짓자.' 하고 자리를 박차고 일어선 것이 뻐딱해 보이지 않고 가슴을 울리는 까닭이 어디 있을까 생각해보다 문득 연암 박지원이 한 말이 떠올랐네. 연암은 《열하일기》〈심세편(審勢編)〉에서 이런 이야기를 하고 있더군. 청(靑)이 중국의 주인이 되자 당시에 중국에서 유행하는 진보사상이 무엇인지를 넌지시 살펴서 '우리도 주자학을 숭상한다.'고 외치며 천하 사람들의 입에 재갈을 물리고 허랑한 선비들의 마음을 달래 이들로 하여금 날마다 주자학에 대한 연구서와 주석서를 산더미처럼 쌓아올리는 데 골몰하도록 만듦으로써 진시황처럼 분서갱유를 할 필요도 없이 지식인들과 민중의 교섭을 원천적으로 차단할 수 있었다는 이야기 말이야.

"아아, 슬프도다. 책을 사들이는 재앙이 태우는 재앙보다 더 심하다는 말은 이를 두고 이름이다."

연암이 전하는 당시 뜻있는 중국 지식인의 한탄일세.

우리 민중운동사에서 뜻있는 많은 청년 학생과 지식인들이 만일에 민중운동론에 대한 문건들을 산더미처럼 쌓아올리는 데 골몰하지 않고 구체적인 민중의 삶의 현장에 뒤섞여서 그들의 삶을 세심하게 관찰하고 체험해서 그들을 의식화하거나 계몽하는 대신 먼저 그들로부터 의식화되거나 계몽되었더라면 오늘의 나라 집 형편이 어찌 되었을까를 생각해보면 나도 모르게 긴 한숨이 나오네.

우선 저질러놓고 보는 우리 천둥벌거숭이 미화가 제 서방과 호 신부님 모시고 이 겨울이 가기 전에 자네 있는 곳에 한번 같이 가보자고 졸라대고 있으니, 머지않아 자네 막걸리 맛볼 수 있겠군.

잘 있게나.

내가 꿈꾸는 공동체

참 미안한 이야기 하나.

만행 기간을 틈타 송광사에서 스님이 오셨는데, 연락 없이 불쑥 나타나셨겠다. 풀짐 한 지게 지고 땀 흘리며 산 너머 왔더니 눈 맑은 납자 한 분 마당가에 서성이고 있어서 먼저 내 누추한 방에 들어가 기다리라 해놓고 손발 씻으며 무슨 말을 할꼬.

방 안에 들어섰더니 결가부좌하고 삼매에 들어선 모습이 참 보기 좋아. 그래서 옛 스님들 흉내 내서 대갈일성 했지.

"지금 시골에서는 강아지 손이라도 빌려야 할 만큼 바쁜 터에 헐렁한 소맷자락 털럭이며 한가하게 놀러 다녀? 네 이놈, 송광사도 예전에 큰 지주여서 본사 말사 합하면 부치는 땅이 수천, 수만 평은 될 터인데 면벽참선한답시고 그 논밭 모두 소작인들에게 맡겨 공짜로 도조 받아먹고 살면서 이 바쁜 철에 할랑거리고 나타났으니 너 같은 놈은 대매에 패 죽이는 게 마땅하다. 언감생심 내 곡식 축내고 내 잠자리 어지럽히려고 뻔뻔스럽게 온단 말이냐. 당장 썩 꺼지지 못하겠느냐?"

법력이 없으니 말에 무게가 실리지 못해 당장 달아나게는 못했지만 이튿날 새벽에 몸 돌이켜보니 사라지고 없어. 거참, 먼 길 오셨는데.

공동체? 그런 거 없어. 실험학교? 그것도 거짓말이야. 나 속이고 세상 속이는 짓 밥 먹듯 해온 습이 남아 해본 사탕발림이지. 공동체는 나 어렸을 적에 자라던 마을 모습이고, 실험학교는 그 안에서 놀던 내 모습일 따름. 처음에는 실험학교가 중심에 있는 새로운 공동체가 어 쩌고 하면서 입에 거품을 물었지.

그런데 실험학교라? 이 말 틀려먹었어. 가만히 생각해보니 내가 꿈 꾸는 게 실험학교가 아니라 지난 200년 사이에 온 세상에 암처럼 퍼 진 제도교육기관이 죄다 실험학교야. 실험실에서 이루어진 그동안의 교육이 잘못되어 지금 사람들은 자기도 죽고 다른 생명체들도 파묻을 커다란 무덤을 파고 있는 셈이지. 이 실험 이제 빨리 걷어치워야 해. 그리고 공동체가 뭐야. 살림터는 어떤 살림터든 공동체라고 봐야 해. 사대가 모여 이룬 우리 육신도 따지고 보면 공동체야. 지금 세계 인구 의 열 배도 넘는 세포들이 모여 내 몸뚱이라는 공동체를 이루고 있어. 그 대단한 공동체도 제대로 못 살리는 터에 소꿉장난하듯이 조그마한 생산 공동체를 이루는 게 뭐가 대단해?

그래도 하고 싶은 이야기는 있어. 보아 하니 온 세상이 불타고 있 어. 우리 식구 가운데 누군가 그래. 딴말 집어치우고 '앗 뜨거, 앗 뜨 거.' 하면서 펄쩍펄쩍 뛰는 모습을 보이는 게 진실에 가깝지 않겠느 냐고. 왜 아니야. 그래서 '내가 졌다.' 하고 꼬리를 사렸지. 지난 200 년 동안 교육을 그 꼴로 만들고 마을 공동체의 기둥뿌리를 뽑아 사람 을 내몬 뒤에 도시라는 콩나물시루에서 웃자라게 한 놈 정체가 뭘꼬. 흔히들 자본주의입네, 상품경제 사회입네 하지만 옷차림이 그렇다 뿐 이지 그게 알몸은 아닌 것 같아. 사회주의 사회라 해서 뭐 다를 게 있어? 그래 곰곰 생각해보니 이놈이 바로 '만드는 문화' 라는 놈이야.
옛날이라고 해서 '만드는 문화' 가 없었냐 하면 그건 아냐. 있긴 있었
지. 그리고 살림에 큰 몫도 했지. 그러나 옛날에는 오늘날처럼 '만드
는 문화' 가 사람 살림을 쥐고 흔들지는 못했어. '기르는 문화' 의 울
밑에 핀 봉선화 같은 것이었다고나 할까. 그런데 지난 200년 사이에
이 관계가 뒤집혀버렸어. 그게 뭐가 문제냐고?

왜 문제가 아냐? '만드는 문화' 에서는 새것이 가장 좋은 것으로 통
해. 오래된 것은 낡은 것, 효율성이 떨어지는 것, 유행에 뒤진 것, 빨
리 폐기 처분해야 손해를 덜 보는 것으로 보이지. 그래서 오늘 새것이
나오면 어제 만든 것이라도 쓰레기가 되어버리는 게 '만드는 문화' 의
특성이야. 자본주의 상품경제의 유지를 위해서 어쩔 수 없다고도 하
고, 생산력의 무한한 증대를 통한 무한한 욕구의 무한 충족이라고도
미화되지만, 결국에는 물질뿐만 아니라 생명의 세계, 마침내는 인간
까지 쓰레기로 바꿔버리는 게 '만드는 문화' 야.

'기르는 문화' 는 달라. 기르는 문화의 숨은 주체는 자본이나 생산
력이 아니라 자연이야. 자연에는 쓰레기가 없어. 버릴 게 없다는 말이
지. 잡초? 해충? 그런 거 없어. 사람의 비뚤어진 관념이 그렇게 보도
록 하는 거지. 실제로 농사지으면서 보니까 밭에 자라는 풀 가운데 먹
을 수 없는 풀과 약초 아닌 것이 없더라고. 생명 공동체의 유기적 조
화가 깨지니까 어떤 곤충이 해충으로 보이는 것뿐이야.

자, 사정이 이러니, '만드는 문화' 에 중심을 둔 현대 문명이 인간뿐
만 아니라 생명 공동체 전체를 '동타지옥' 으로 끌어들이려고 하고 있
으니 여기서 벗어나야 해. 다시 '기르는 문화' 의 숨은 주체인 자연을

스승으로 벗으로 모시고, 햇빛이, 물이, 바람이, 흙이, 그리고 그 안에 사는 모든 생명체가 그렇듯이 우리도 사람뿐만 아니라 모든 살아 있는 것과 나누고 서로 섬기는 '나눔'과 '섬김'의 공동체를 이루어보자는 거야. 그러려면 '만드는 문화'의 중심인 도시에서 벗어나 '기르는 문화'의 중심인 기초생산 공동체로 돌아가야 해. 그런데 기초생산 공동체도 지금 죄다 허물어져 내려 과거를 상징하는 노인들만 있을 뿐, 현재와 미래를 보장하는 젊은이와 아이들이 없어. '죽어가는 마을 공동체에 새 피를 수혈하여 되살려내는 길밖에 달리 인류도 다른 생명체들도 살아날 길이 없지 않느냐.' 대체로 이런 뜻에서 자연의 품 안으로 들어와 사는데, 막상 들어와 보니 내가 참 우스워. 마치 강보에 싸인 어린애처럼 무력하기 짝이 없는 거야.

길가에 돋아 있는 풀이름 하나 제대로 아는 게 없어. 숲을 이루는 그 많은 나무들의 이름이며 쓰임새는 더 말할 것도 없고. 바닷가에 나가도 마찬가지야. 담치와 홍합의 차이도 처음에는 몰랐어. 올콩은 감꽃 필 때 뿌리고, 메주콩은 감꽃 떨어질 때 심는 게 이 마을 어른들이 오래 두고 경험으로 쌓은 지혜의 산물인데, 지난해에는 책만 보고 심었다가 너무 일찍 심는 바람에 큰 낭패를 보았어. 이러니 '실험학교'인지 '공동체 학교'인지 하려고 해도 자격이 있어야 하지. 과거에 '만드는 문화'에서는 꽤 유능한 선생이었을지 모르지만 '기르는 문화'에서는 선생으로서 낙제감이야. 이런 딱할 데가 있나. 요즘 내 형편이 이래. 이제 이야기 끝내지. 🍃

밤이면 풀들도 잠을 자야 한다

강 건너

비닐하우스에 켜진 불

멀리서 보면

참 예쁘다.

하지만

저 불은

들깻잎을 못 자게 깨우는 것.

나는 이제 잘라 하는데

저거들은 얼마나 힘들겠노.

인간도 저렇게 당해봐야

식물의 아픔을 알 거다.

이 시는 밀양 단산초등학교 백아르미라는 학생이 쓴 것이다. 야근과 철야를 밥 먹듯이 시켜서라도 생산성을 높여 다른 기업과 다른 나라에 뒤져서는 안 된다는 강박관념에 사로잡힌 분들에게는 이 시가 가슴에 와 닿지 않을지도 모른다. 깜깜하고 비좁은 닭장 안에 수천,

수만 마리 닭을 꼼짝없이 가두어놓고 24시간 환히 불 밝혀 밤낮 없이 알을 낳게 하는 양계장 주인에게는 철없는 아이의 감상으로 여겨질지도 모르겠다. 그러나 당해본 사람은 안다. 여러 가지 고문 가운데 잠 안 재우는 고문이 가장 혹독한 고문의 하나라는 걸.

도시에서 사람을 뺀 다른 생명체들이 제대로 살아남지 못하는 까닭은 도시인들의 위생 관념(실제로 도시에 사는 사람들은 동물들, 특히 곤충들은 죄다 이런저런 전염병을 옮기는 해로운 생명체로 여겨 눈에 띄는 대로 없애버리려는 경향이 있다. 그래서 내가 어렸을 적에 몸이나 머리에 이가 있으면 디디티라는, 이나 벼룩에 물리는 것보다 천 배, 만 배나 사람 몸에 더 해로운 약품 가루를 밀가루 뒤집어쓰듯이 뿌려댔다.) 때문이기도 하지만 밤마다 불야성을 이루는 도시의 불빛 때문인지도 모른다.

시골에서 농사지으면서 공동체 생활을 한다고 하니까 단체 생활에 따르는 엄격한 시간 규율이 있으리라 믿고 우리에게 "아침에는 몇 시에 일어나고 저녁에는 몇 시에 잡니까?" 하고 묻는 분들이 적지 않다. 아마 도시의 출퇴근 시간을 연상하나 보다. "날이 밝으면 일어나고 해가 떨어지면 일을 마치지요." 우리가 할 수 있는 대답이 이렇게 미적지근하다. 사람에게도 다른 생명체에게도 가장 좋은 생활양식은 순환하는 자연의 절기에 따르는 삶이다. 사람은 다른 많은 생명체와는 달리 유전 정보나 본능에 의존해서만은 살아갈 수 없으니까 자연의 시간 속에서만 살아갈 수는 없다. 그래서 시계도 생겨나고 밤이면 등불도 밝히게 되었을 것이다. 그래도 인간의 시간은 자연의 시간이라는 틀을 벗어나지 말아야 한다. 크게 보면 아무리 문명화의 극치에서 이루어지는 인공의 섬일지라도 자연의 시간이라는 큰 물결을 거스를 수가 없다. 우리 생체 리듬이 그것을 허락하지 않는다.

언뜻 생각하면 계절을 잊고도 살 수 있고, 밤낮을 잊고도 살 수 있을 것 같다. 도시화가 진전되면서 졸음을 참으며 밤일을 해야만 하는 처지에 놓이기도 하고, 사람 힘으로 빚은 대낮같이 밝은 불빛 아래서 밤새 컴퓨터 화면에 코를 박고 사는 것을 당연하게 여기는 사람도 늘어가는 형편이니까. 또 그런 문화생활(?)을 자연의 시간과 인간의 시간을 일치시킬 수밖에 없었던 원시생활(?)에 견주어 훨씬 더 바람직한 삶이라고 생각하는 사람도 있을 수 있다. 마치 첫 머리에 내가 소개한 시의 한 구절처럼 그런 생활은 '멀리서 보면 참 예쁘다.' 할 수 있으니까. 그러나 다른 한편으로 생각하면 밤에도 우리를 '못 자게 깨우는 것'이, 집단적인 불면증 환자들이 해마다 날마다 늘어나는 현상이 그리 바람직하지는 않은 듯하다.

아이들을 밤잠 재우지 않고 '4당5락'(이 말의 뜻이 네 시간만 자면 대학 입학시험에 합격하고 다섯 시간 이상 자면 떨어진다는 말인 줄을 최근에야 알았다.)이라는 신조어까지 만들어가면서 책상머리에 엎드려 있게 하는 교육제도가 좋은 제도일까? 노동자들을 야근에 철야에 3교대로 혹사하는 것이 누구의 이익을 위해서일까? 밤새워 술 마시거나 노름하거나 머리를 싸매고 고민하는 것이 정말 문화생활일까?

강 건너 비닐하우스에서 제철 음식이 아닌 들깻잎을 도시인들의 밥상에 올리기 위해서 밤새 불을 밝혀 속성 재배하는 모습이 아이의 눈에는 아픔으로 다가선다. 이 아픔은 정상적인 생명체라면 누구나 느끼게 마련이고, 또 느낄 수 있어야 한다. 밤에는 나뭇잎도 풀벌레도 잠을 이룰 수 있어야 한다. 그것은 생명권이기 때문에 아무도 박탈할 수 없고, 해서도 안 된다.

도시가 '사람 비슷한 것' 만이 유령처럼 한밤에도 떼 지어 떠돌 뿐, 풀도 나무도 벌레도 살 수 없는 삶의 사막으로 바뀌고 있는 것은 바로 이 생명권이 집단적으로 박탈당하고 있기 때문이라면 내가 지나치게 뾰족하게 이야기하는 걸까?

해 저물면 사람도 풀들도 모두 평화롭게 잠드는 그런 밤이 그립다.

그 세상에는 돈이 없다

"돈 없어도 살 수 있다."

"아니, 돈이 없어야 더 잘 산다."

"돈 없는 세상 만들어보자."

내가 가끔 우리 공동체 식구들한테 하는 말이다. 우리 공동체 식구들은 대체로 젊고 순수한 데다가 도시에서 돈 문제로 꼭지 돈 적이 있는 사람들이어서 내 말을 그럴싸하게 듣는다. 그러나 정작 도시에서 떠날 엄두를 못 내고 있는 내 마누라, 내 자식들한테 같은 이야기를 할 때 씨알이 먹힐까? 어림도 없는 수작이다. 먹을 것, 입을 것, 집세, 전기세, 물세……. 돈으로 틀어막아야 할 구석이 한두 군데가 아닌데, 그러지 않으면 하루도 온전하게 살아남기 힘든데 무슨 뜬딴지같은 소리를 하는 거야. 이렇게 제 새끼, 제 여편네한테도 인정받지 못할 무책임한(?) 소리를 함부로 지껄이고 다닌다고 욕먹어도 싸다.

그러나 나는 이 말을 거두어들이고 싶은 생각이 없다. '오래된 미래'에 살았던 라다크 사람들 호주머니에 땡전 한 푼 없었어도 사람답게 사는 데 아무 문제가 없었고, 지금부터 100년 전 우리나라 마을 공동체에 살았던 사람들 거개가 고의춤에 엽전 한 냥 없었어도 사람의 모습을 잃지 않았기 때문이다.

누구 말마따나 돈은 교환가치가 지배가치가 된 상품경제 사회, 자본주의 사회가 나타나기 훨씬 전에도 있었다. 그리고 돈이 사람에게 독만 되는 게 아니라 이로운 일을 하는 때도 있다는 걸 나도 인정한다. 물물교환이 생각보다 훨씬 더 번거로운 일이라는 것도 안다. 그런데도 나는 돈 없는 세상에서 살고 싶다.

누군가 또 이렇게 물을지도 모른다. 그러면 원시 공동체 사회로 돌아가자는 말이냐? 좋게 말해서 노자가 이상으로 여긴 '창과 칼을 녹여 호미와 곡괭이를 만들고, 날랜 장수, 머리 비상한 학자 아무 짝에도 쓸모없어지고, 개 짖는 소리, 닭이 홰치는 소리 들리는 이웃 마을에도 오갈 일이 없는 그런 조그마한 마을 공동체'를 만들겠다는 거냐? 그건 역사의 수레바퀴를 거꾸로 돌리자는 수작이 아니냐?

아니다, 그건 아니다. 이런저런 이야기 다 늘어놓다 보면 책 한 권으로도 모자랄 지경인데, 아주 간단하게, 너무나 간단해서 정나미 떨어지게, 돈이 왜 없어야 하는지, 모두가 돈벌이에 눈이 먼 이 세상이 왜 망할 세상인지 꼽아보자.

첫째, 모든 생명체는 생명 에너지를 동력으로 살고 있다. 사람도 200년 전까지는 그렇게 살아왔다. 지금은? 물질 에너지(석탄, 석유, 원자력 등)가 없으면 살 수 없는 세상이 되었고, 생명 에너지조차 물질 에너지로, 기계화한 동력으로 전환시키지 않으면 살길이 없는 세상으로 바뀌었다. 이 반생명적인 세상은 소수의 자본가 수중에 집중된 돈이 만들었다. (국가 화폐든 국제 화폐든 모든 돈은 소수의 손에 집중되어 계급사회를 키워내고 유지시키는 원동력 구실을 한다.) 물질 에너지에 의

지해서 사는 현대인은 더 이상 생명체로 볼 수 없다. 생명의 관점에서 보면 반은 괴물이다. 석유 먹고, 석탄 먹고, 원자력 먹고 사는 이 이상한 짐승들을 어떻게 온전한 뜻에서 생명체로 부를 수 있겠는가.

둘째, 현대의 바벨탑인 거대 도시들(중소 도시들도 마찬가지지만)은 돈이 없으면 한순간도 유지될 수 없다. 그러나 200년 전에 출현한 '현대인'이라는 괴물을 빼고, 이 자연계에 돈 없으면 살지 못하는 생명체는 단 하나도 없다. 생명체 본디 모습을 되찾기 위해서도 돈이 없어져야 한다. 물질 에너지에 의존해서 사는 데에 길든 사람들, 특히 도시인들에게 이 말은 끔찍한 저주로 들릴 것임을 안다. 그러나 그 사람들이 모든 도시 문명은 멸망하게 마련이고, 그 까닭도 똑같다는 것을 알까?

셋째, 모든 생명체는 삶의 영역이 한정되어 있다. 사람도 마찬가지다. 사람이 두 뒷발로 몸의 균형을 유지해서 곧추서고 두 앞발을 마음먹은 대로 놀려 살 수 있게 생체가 구조화된 것은, 새처럼 하늘 높이 날거나 사슴처럼 날래게 뛰지 않고도 그 느린 발걸음으로 하루 여덟 시간 걷는 범위 안에서 살길을 찾을 수 있었기 때문이다. 그렇게 수십만 년을 살아왔던 인간이 왜 갑자기 지난 200년 사이에 이리 뛰고 저리 달리고, 태평양을 날아서 건너고 인도양을 화물선에 실려 건너야 살 수 있는 존재로 바뀌고 말았는가? 그렇게 밤새워 온 세계를 누비고 다녀도 언제 처자식들과 길거리에 나앉을지 몰라 전전긍긍하는 가련한 존재로 전락하고 말았는가? 돈을 쫓아다니다 보니 그렇게 된 것이고, 돈이 생체 구조를 뛰어넘어 겨드랑이에 인공의 날개를 달고 뒷발에 바퀴를 붙이게 부추긴 것이다.

사람이 생명체로서 제 모습을 잃어버렸다는 것은 더는 사람답게 살지 못하고 있다는 뜻이다. 산다는 게 뭔가? 생명체로서 제 기능을 한다는 것이다. 제 힘으로, 생체 에너지만으로 살길을 연다는 것이다. 사람이 제 모습을 되찾으려면 지금이라도 '편리한 물질 에너지'의 마력에서 벗어나야 한다.

불편하다. 힘들다. 끔찍하게 고통스러운 되돌림의 과정이 기다리고 있다. 그럴 거 아니겠는가? 다시 실 잣고, 베 짜고, 미투리 삼고, 새끼 꼬고, 구들 놓고, 꼴 베고, 김매고, 철철이 씨 뿌리고, 거두고……. 자연 속에서 자연과 더불어 생체 에너지를 교환하면서 새로운 삶의 길을 찾는다는 게 어디 보통 일이겠는가? 안 그런가?

얼마 전에 우리 공동체에 살러 들어온 사람이 하나 더 늘었는데, 이 사람 직업이 교사이다. 경력이 오래되어서 한 달 급료가 300만 원이 넘는단다. 300만 원이면 나 같은 얼치기 농사꾼이 한 해 농사지은 곡식 다 내다팔아도 손에 쥘 수 없는 큰돈이다. 그런데도 그 좋은 직장 마다하고 돈이 발붙이지 못하는 마을 공동체를 이루겠다는, 어찌 보면 허황한 꿈을 꾸는 노인네가 사는 곳으로 온 것이다. 이 말을 처음 듣고 잠깐 공동체에 몸 붙이고 있던 어떤 애 엄마가 대뜸 얼굴빛이 바뀌면서 이렇게 외치더란다. "아 유 크레이지?" 이 말은 "아유, 그래야지요."가 그렇게 들린 게 아니라 영어로 "당신 미쳤수?"라는 말이란다. 나는 당연한 반응이라고 본다.

나한테 이렇게 손가락질할 사람도 있을 것이다. "지는 돈이 지배하는 세상에 빌붙어 잘 먹고 잘 살아왔으면서, 그리고 지금도 그 돈에 기대 공동체를 일구어가고 있으면서 '돈 없어도 살 수 있다.'는 횐소리로 사람들을 현혹시키고 있어. 야바위로 사람들 꼬이는 고등 사기꾼 아냐?" 참 할 말이 없다. 아니 땐 굴뚝에서 나는 연기가 아니니까. 부끄럽다. 아예 학교 문턱 다시 밟지 못하게 하고 농사꾼으로 기르려고 했던 우리 노인네 소망 어기고 저 잘난 맛에 돈 없이는 사람 구실 못하는 세상 이리저리 떠돌다가, 나이 쉰이 넘어서야 이게 아닌데 싶어 반거충이 농사꾼이 된 지 이제 갓 10년이 넘은 주제에, 터진 입이라고 주저리주저리 함부로 이런저런 말 지껄이고 있는 내 모습이 내가 보기에도 한심한 구석이 있다.

그렇지만 이 말만은 덧붙이고 싶다. 이 세상에 사람 빼고 죄 짓고 사는 생명체가 없다. 어쩔 수 없는 경우가 아니라면 다른 생명체를 해치지 않는 게 생명계의 불문율이나 마찬가지인데, 사람만이 이 불문율을 지키지 않으니, 지킬 뜻이 없을 뿐만 아니라 다른 생명체들을 못 살게 하는 짓을 진보와 발전으로 미화시키기까지 하니, 요즈음 사람으로 사는 죄 말할 수 없이 크다. 해가 갈수록 그나마 가장 죄를 덜 짓고 사는 길은 이 길밖에 없다는 생각이 든다. 옛날 우리 아버지, 그 아버지, 어머니, 그 어머니들이 땅에 뿌리내리고 살았던 그 시절 그 삶의 길로 접어드는 것.

역시 짐작했던 대로라고? 역사의 수레바퀴를 중세로 되돌리려는 거라고? 아니다. 잘못된 길에서 벗어나자는 것이다. 바른 삶의 길을 걷자는 것이다. 우리 민중이 그동안 흘린 피가 밑거름이 되어 우리는 중세의 신분제 사회라는 야만의 굴레에서 벗어났지 않은가. 자본세상, 국가권력에서 벗어나서 새로운 세상을 열 수 있다는 꿈을 가진 이들이 먼 미래에 그리던 세상을 조금이라도 더 빨리 앞당기는 길이 돈 없는 세상을 만드는 길이라고 내가 먼저 말하지 않았다. 나보다 더 눈 밝은 이들이 싸움 속에서 자기를 던져 얻은 깨우침의 말을 젊은이들에게 전하고 싶은 마음뿐이다.

진정한 연대는 생명 연대다

나는 한때 거시경제학이나 정치경제학 같은 것에 빠지고 《자본론》을 줄을 그어가며 열심히 읽은 적도 있다. 그리고 생산력과 생산관계에 대한 이론을 흔들리지 않는 지혜로 받아들인 적도 있다. 그런데 10년 남짓 농사지으면서 그걸 재검토해야겠다는 생각을 하게 되었다. '생산력이 발달하게 되면 거기에 따른 생산관계가 바뀌게 되고, 생산력의 무한한 발달에 따라서 무한히 다양해지는, 그리고 커지는 욕망을 무한히 충족시킬 수 있다는 이론은 18세기, 19세기 생산력 수준에서는 맞았을지 모른다. 그렇지만 지금 이 지구라는 한정된 생태 환경이 그것을 뒷받침해줄 수가 없다. 그리고 물질적인 에너지를 거의 100퍼센트 이용해서 생산력을 발전시키는 이러한 삶의 체제 아래서 아무리 온전하게 살고자 하는 생명체도 버틸 재간이 없다.'

또 한편으로는 이런 생각도 했다. '도시 사람들이 생산해내는 생산물의 내용이 무어냐? 최루탄도 생산하고, 원자폭탄도 생산하고, 생물학적인 무기도 생산하는데, 이것도 생산력의 발달이라고 할 수 있느냐? 그리고 그런 일에 종사하는 사람도 자기실현을 위한 노동을 한다고 할 수 있느냐?' 아니라는 생각이 들었다. 물질 에너지를 통해서 자기 삶의 질을 향상시키려는 모든 시도는 나중에 비극으로 끝나게 되어 있다는 생각이 점점 강해졌다.

자연이라는 게 대단히 엄중한 데가 있다. 볍씨를 한 알 뿌리면 수천 개가 열린다. 이것은 사람의 힘으로 하는 게 아니다. 사람은 씨 뿌리고 김매고 거두는 것만 한다. 농사를 짓고 있으면 자연이 철 따라서 가끔 질문을 한다. 봄철, 여름철, 가을철, 철 따라서 한 번씩은 꼭 자연이 사람한테 질문을 한다. 씨 뿌릴 때 됐거든? 너 지금 씨 뿌릴래, 굶어죽을래? 그때 놓치면 싹이 안 트니까 뿌려야 한다. 그 다음에 풀도 같이 자란다. 너 이 김 매줄래, 굶어죽을래? 곡식은 사람 손에 길들어서 억센 잡초들한테 못 이긴다. 그래서 김을 매주어야 한다. 가을에는 곡식 거둘 때 안 거두어주면 썩어버린다. 또는 낱알을 붙들어 매고 있는 귀가 우수수 떨어져버린다. 지금 거둘래, 굶어죽을래? 안 죽으려면 따라야 한다. 자연이 추상같다는 말을 들었을 것이다. '가을철'이 너는 내가 아끼는 풀이고 내 마음에 드니까 살려줄게, 넌 마음에 안 드니까 죽일 거야 하는 식으로 골라서 풀을 말리지 않는다. 한번 서리 내리면 다 말라버린다. 그래서 '가을 서리'를 한자로 추상(秋霜)이라고 한다. 그렇지만 자연의 명령에 잘 따르고, 자연의 통제에 잘 따르면 살아남을 길이 열린다.

생명의 시간은 자연의 시간과 인간의 시간으로 나뉘게 되는데, 자연의 시간 속에서 우리는 다른 생명체와 끊임없이 교섭을 하면서 밥통을 통해 만난다. 자연 속에서 다른 생명체와 만나는 길은 밥통을 거치게 된다. 먹고 먹히는 것, 그러니까 아침, 점심, 저녁으로 우리가 음식을 먹을 때 다른 생명들의 생체 보시를 받는 것이다. 자기 목숨을 바쳐서 우리를 먹여 살리는 것이다. 이것을 먹이사슬이라고도 하고, 다른 여러 말로 불리기도 하지만, 이 '만남'이라는 것이 그렇게 엄중하다.

인간의 시간은 도시에서 특히 시계로 특정되는 하루 24시간, 한 시간 60분, 일 분 60초로 재어지는 시간은 내용이 하나도 없다. 텅 빈 시간이다. 자연의 시간은 순간순간 하나도 같은 게 없다. 봄, 여름, 가을, 겨울, 시골에서 농사를 짓다 보면 순간순간 다 다르다. 13년 동안 농사를 짓고 있는데 하루도 같은 일을, 한순간도 같은 일을 해본 기억이 없다. 그렇게 질적으로 꽉 차 있고 그 질이 변화무쌍한 것이 시간인데, 도시에서 인간들이 만들어낸 인간의 시간은 텅 빈 시간이다. 질적인 차이가 없는 것을 가정한다. 겨울이나 여름이나 아침 9시에 출근해서 저녁 6시에 퇴근한다. 점심시간은 배가 부르나 고프나 12시부터 1시까지다. 이렇게 전부 통제를 하는데, 이것은 유치원 다닐 때, 요즘에는 애들이 걸음마를 하고 말을 배우기 시작한 때부터 통제가 시작된다.

생명체의 본질은 자율성이다. 길섶에서 돋아나는 강아지풀 하나라도 누가 언제 싹트라고, 누가 언제 꽃피라고, 누가 언제 열매 맺으라고 하지 않는다. 스스로 알아서 자기가 싹트고, 자기가 꽃 피우고, 자기가 열매 맺고, 자기가 씨앗 떨어뜨리고, 또 다음을 기약하게 된다.

어떤 사람은 생명체 가운데서도 인간만이 아주 대단히 고귀해서 사람이 희망이라든지 사람만이 모든 생명체의 삶을 책임진다는 식으로 이야기하는데 사실은 그렇지 않다. 인간의 관계만으로 모든 삶의 문제를 해결할 수 있다고 믿는 현대 도시인들이 무기물에서 유기물을 만들어낼 재주를 지니고 있는가? 나무나 풀처럼 그런 재주를 지니고 있는가? 또는 컴퓨터칩이나 시멘트 가루를 소화해서 살 수 있는 길이 있는가? 누군가는 밥상에 유기물로 된 음식물을 올려야 한다. 곡식 농사도 지어야 되고, 바다에 나가서 고기를 건져 올리거나 짐승을 키워서 밥상에 올려야 한다. 이렇게 다른 사람은 끼니때마다 도시인의 밥상에 생체 보시를 하도록 공손하게 좋은 것, 맛있는 것을 다 올리는데, 도시에 사는 대부분의 사람들은 무엇을 하고 있는가? 우리한테 베풀어주는 게 무엇인가? '우리도 당신들을 위해서 이렇게 일하고 있소.' 라고 대답할 사람은 많지 않다. 그리고 점점 더 드물어진다.

지금은 사라졌지만, 소비에트가 무엇인가? 병사, 농민, 노동자들의 연대 아닌가? 아직도 입으로 노농 연대를 이야기하는 사람들이 있다. 하지만 내가 보기에는 노농 연대를 진정으로 이루고 싶은 사람들은 지금 없다. 파업 기금을 산더미처럼 쌓아놓아도 파업을 제대로 못한다. 지금 현대중공업 노조라든지, 전교조라든지, 금융노련 같은 데 돈이 쌓여 있다. 그걸 가난한 농민들과 연대하기 위해서 쓰는 경우를 나는 한 번도 보지 못했다.

지금 농민들은 이 사회에서 가장 밑바닥이다. 도시에서 청소부 자리만 나도 두말없이 올라와 버릴 정도이다. 뭘 해도 고등학교까지는 자식교육을 시켜야 하니까. 밑바닥 중에 밑바닥에 농민이 있다. 그 농민들이 길러서 가꾸는 것 가운데 도시에서 의식이 있고 유기농 식품을 먹는 사람들도 반듯한 오이, 일정한 굵기의 양파나 감자 같은 것만 먹지, 작거나 가랑이가 갈라진 무 같은 것, 속이 퍼래서 떡 벌어진 배추는 거들떠도 안 본다. 유기농으로 농사를 지은 것도 그렇다. 하다못해 '한살림'에서 의식 있게 건강한 식품을 보급한다는 사람들도 마찬가지이다.

만약 '자, 싸워라. 싸우다가 떨려나면 우리 같이 농사지어서 먹고 살자. 그리고 양식 보내줄 수 있다. 사람은 곡식 먹고 나물 먹고 사는 거지, 컴퓨터 먹고 사는 게 아니다. 의식주 문제는 염려 말고 싸워라.' 이러면 힘이 붙는다. 제대로 된 싸움을 할 수 있다. 그런데 싸우다가 당장 직장에서 떨려나고 아무도 돌봐주는 사람이 없다면 어떻게 제대로 싸울 수 있겠는가?

진정한 연대는 생명 연대이다. 앙리 베르그송이 어느 책 첫머리에 '먼저 살고 볼 일이요, 철학하는 것은 그 다음이다.' 라고 라틴어로 썼다. 나는 내가 15년 동안 철학을 한다고 생각했다. 그리고 아이들한테 철학을 가르친다고 생각했다. 그런데 어림없는 생각이었다. 사람도 생명체니까 살아남으려면 스스로 제 앞가림을 할 수 있어야 한다. 그러나 스스로 제 앞가림을 하더라도 혼자서 옷 만들고 집 짓고 북치고 장구 치고 다 할 수는 없다. 서로 도와서 일해야 살아남을 수 있다. 그러려면 더불어 사는 힘도 길러야 한다.

교육은 제 힘으로 살아남는 힘을 길러주고 더불어 살 수 있는 힘을 길러주면 그것으로 끝이다. 스스로 제 앞가림을 하고 더불어 살 수 있는 힘을 갖지 못하는 생명체는 모습만 사람이지 참된 생명체라고 할 수 없다. 그런데 그런 생각을 못한다. 도시에서 자기들끼리 이상한 학문 사투리, 운동권 사투리 주고받으면서 자기도취에 빠져서 연대할 생각을 제대로 하지 않는다. 맨 밑바닥에서 밑바닥 사람과 함께 손잡을 생각을 하지 않는다.

우리 마을에서 나는 아직 젊은 편이다. 아주 젊은 사람 중에 속한다. 우리 마을은 70, 80대 노인들이 대부분이다. 그 노인네들이 무슨 근력이 있겠는가? 근력이 없으니 김도 못 맨다. 그래서 땅에 치명적인 해가 있는 그라목손 같은 농약을 뿌려서 땅도 죽이고 그 사이에 자기도 모르게 병들어 죽어가고 있다. 그 한 분한테 열 명이 매달려 있다. 도시의 멀쩡한 것들이 그 등을 타고 '우리에게 먹을 것을 다오.' 하면서 아무런 반성도 없이, 미안한 생각도 없이 그냥 어디에서 그 식량이 오는지도 모르고 그렇게 한다.

윤봉길 의사를 일제강점기에 김구 선생 밑에서 테러 수업을 받은 테러리스트로만 알고들 있지만, 그이는 충청도에서 농민의 자식으로 농사지으면서 농민의 아이들을 의식화시키신 분이다. 그분이 농민들을 가르칠 때 교재로 쓴 《농민독본》을 보면 '농민은 인류의 생명창고를 지키는 열쇠를 쥐고 있는 사람'이라는 내용이 있다. 생명창고의 열쇠가 농민의 손에 들려 있다는 것이다. 그 이야기를 하면서 '어느 날 우리 조선이 상공업의 나라로 바뀔지라도 이 세상 어딘가에는 그 생명의 열쇠를 지니고 있는 사람이 있을 것'이라고 이야기한다. 대단한 통찰력이다.

조선은, 이미 우리나라는 상공업의 나라로 바뀌어서 식량 자급률이 25퍼센트 안팎밖에 안 된다. 잡곡 자급률은 5퍼센트도 채 되지 않는다. 아끼고 아껴서 우리가 오래오래 씹고 적게 먹어서 식량 자원을 아끼더라도, 이 상태로는 물질 에너지 체계에 교란이 생기고 외국에서 양식이 오지 않게 될 때에는 열에 두셋은 굶어죽게 된다. 그런데도 그런 자각이 없다. 그리고 굶어죽을 날이 머지않았다는 생각도 하지 않는다. 머지않았다. 이 노인네들 다 돌아가시고 난 뒤에 도시에서 아무도 나서서 그 뒤를 이어 농사를 짓겠다고 생각하지 않으면…….

식량이라는 무기가 가장 큰 무기다. 사흘 굶어서 담 안 넘는 사람 없다고, 식량 자원을 움켜쥔 자들이 '너희는 굶어죽을래, 내 말 들을래?' 하면 꼼짝할 수 없다. 자기는 굶어죽을 각오를 하더라도 처자식 굶겨죽일 수는 없다. 그러니까 무릎 꿇을 수밖에 없다. 우리가 자율성이니 독립이니 하지만, 자급자족이 없는 자율성은 없다. 그리고 자주독립도 없다.

자연의 밥상에 둘러앉다

윤구병 지음

1판 1쇄 발행일 2010년 2월 8일

발행인 | 김학원
편집인 | 선완규
경영인 | 이상용
기획 | 정미영 최세정 황서현 유소영 유은경 박태근 김은영 김서연
마케팅 | 하석진 김창규
디자인 | 송법성
저자 · 독자 서비스 | 조다영(humanist@humanistbooks.com)
스캔 · 출력 | 이희수 com.
용지 | 화인페이퍼
인쇄 | 청아문화사
제본 | 정민제본

발행처 | (주)휴머니스트 출판그룹
출판등록 | 제313-2007-000007호(2007년 1월 5일)
주소 | (121-869) 서울시 마포구 연남동 564-40
전화 | 02-335-4422 팩스 | 02-334-3427
홈페이지 | www.humanistbooks.com

ⓒ 윤구병 2010

ISBN 978-89-5862-303-8 03810

만든 사람들

기획 | 선완규(swk2001@humanistbooks.com)
편집 | 김선경 임미영
디자인 | 민진기디자인